Sharon Creech wurde in den USA geboren und lebt in England, wo sie Literatur unterrichtet. Sie schreibt Romane, Theaterstücke und Gedichte für Kinder und Erwachsene. Für ihren Jugendroman ›Salamancas Reise‹, der als Taschenbuch bei Fischer Schatzinsel erscheinen wird, erhielt sie die Newbery Medal. Bei Fischer Schatzinsel erschienen bereits ›Das total normale Chaos‹ (Bd. 80241) und ›Der Geist von Onkel Arvie‹ (Bd. 80269).

Ich, Zinny Taylor. Die dreizehnjährige Zinny lebt mit ihren sechs Geschwistern auf dem Land, irgendwo in Kentucky. Sie ist sehr schweigsam und zurückhaltend und fällt deshalb in der großen Familie nicht weiter auf. Da begegnet sie Jake wieder, den sie von früher kennt. Er scheint sich für Zinny zu interessieren, er macht ihr Geschenke und weicht kaum von ihrer Seite. Zinny – und im übrigen die ganze Familie – ist jedoch fest davon überzeugt, dass sich Jake eigentlich nur an ihre hübsche ältere Schwester May heranmachen will, denn das war auch bei Tommy Salami schon so. Deswegen will Zinny sich gar nicht erst verlieben. Aber Jake lässt nicht locker. Bis Zinny merkt, dass es ihm wirklich nur um sie geht, ist alles noch sehr aufreibend. Es gibt Diebstähle, Todesfälle, eine Menge Angst und Unsicherheit, aber auch Mut und Schlagfertigkeit. Und einen Kuss.

Sharon Creech

Ich, Zinny Taylor

Aus dem Englischen
von Adelheid Zöfel

Fischer
Taschenbuch
Verlag

Fischer Schatzinsel
Herausgegeben von Markus Niesen

Veröffentlicht im Fischer Taschenbuch Verlag GmbH,
Frankfurt am Main, März 1999

Die englische Originalausgabe erschien
unter dem Titel ›Chasing Redbird‹ bei Macmillan
Children's Books, London 1998

Lektorat: Julia Holbe
Gesamtherstellung: Clausen & Bosse, Leck
Printed in Germany
ISBN 3-596-85060-6

Nach den Regeln der neuen Rechtschreibung

Für Lyle
mit Dank an K.T. H.

Inhalt

Das Spagetti-Problem

In Tante Jessies Küche hingen Würmer: eine Schüssel mit roten Würmern, die sich über einen braunen Lehmklumpen hermachten. Die Schüssel und die Würmer und der Klumpen waren ein gesticktes Bild, das über dem Herd hing.

Als ich lesen lernte, entzifferte ich die Wörter, die in blauen Kreuzstich-Buchstaben unter der Schüssel standen: *Das Leben ist wie eine Schüssel Spagetti ...* Diese Würmer waren also gar keine Würmer, sondern Spagetti! Ich stellte mir vor, wie ich in diesen Nudelschlangen herumstocherte. Das sollte mein Leben sein?

Da stand noch mehr: *... und hin und wieder erwischt man ein Fleischklößchen.* Der Lehmklumpen war ein Fleischklößchen! Wahrscheinlich sollte dieses Fleischklößchen etwas ganz Tolles darstellen, was unter den verschlungenen Spagettiwürmern des Lebens vergraben lag. Etwas, worauf man sich freuen konnte, eine Belohnung dafür, dass man sich durch die ganzen Nudeln gewühlt hatte.

Jetzt bin ich dreizehn und ich habe in meinem Leben schon ein paar Fleischklößchen ausgebuddelt. Aber auf Lehmklumpen bin ich auch schon gestoßen.

Ich heiße Zinny Taylor (Zinny ist die Abkürzung für Zinnia). Ich lebe mit unzähligen Brüdern und Schwestern und mit meinen Eltern auf einer Farm in Bybanks, Kentucky. Unser Haus steht direkt neben dem von Onkel Nate und Tante Jessie, das heißt, eigentlich sind die beiden Häuser ein Haus, weil sie zusammengebaut sind. Auf unserer Seite sind manchmal viel zu viele Leute, und man weiß gar nicht, wer man ist. Man hat das Gefühl, als hätte jemand sämtliche Spagetti in einen Topf geworfen und umgerührt.

Letzten Sommer habe ich im hinteren Teil unseres Grundstücks einen Pfad entdeckt – einen uralten Weg, der ganz mit Gras und Unkraut überwuchert war. Ich wusste sofort: Dieser Pfad gehört mir, mir ganz allein. Ich hatte allerdings keine Ahnung, wie lang er war und wie schwierig es sein würde, ihn auszukundschaften. Und ich hätte auch nie vermutet, dass mich dieses Projekt derart fesseln würde, dass ich mich aufführen würde wie ein hungriger Fuchs im Hühnerstall.

Der Pfad war auch wie eine Schüssel Spagetti, und diese Spagetti hatten irgendwie mit uns allen etwas zu tun, mit mir und meiner Familie, mit Onkel Nate und Tante Jessie. Und mit Jake Boone. Es war ziemlich mühsam, sie zu entwirren.

Die stille Welt

Wenn man von unserer Küche den Gang entlang ging, der die beiden Häuser miteinander verband, und dann die Küche von Tante Jessie und Onkel Nate betrat, hatte man das Gefühl, als würde man die Zeit rückwärts drehen. Unsere Seite war ein lärmender Zoo: Ben, Will und Sam trappelten und polterten treppauf, treppab; Bonnies Stereoanlage dröhnte, Gretchens Computer piepte, und das Telefon an der Wand klingelte – ein Anruf für May.

Aber wenn man hinüberging, befand man sich plötzlich in der stillen Welt von Tante Jessie und Onkel Nate. Meistens herrschte dort richtige Grabesruhe. Überall diese altmodischen Kissen mit Stickereien und Wandbehänge mit eingestickten Gedichten und Sprichwörtern; es roch nach Zimt und Muskat, und man konnte mit den Fingern langsam über glatte Oberflächen und weiche Steppdecken streichen.

Ich verbrachte viel Zeit in der stillen Welt. Meinen Geschwistern gefiel es dort nicht so besonders, aber ich betrachtete Onkel Nate und Tante Jessie, seinen *Rotvogel*, als meine zweiten Eltern. Sie hatten keine Kinder mehr. Früher hatten sie eine Tochter gehabt, die Rose hieß und im selben Jahr und im selben Monat geboren war wie ich.

Als Rose und ich vier Jahre alt waren, bekam ich Keuchhusten, und Rose steckte sich bei mir an. Sie kriegte den Keuchhusten ganz, ganz, ganz schlimm. Als sie starb, tat Tante Jessie etwas Komisches: Sie zog die unterste Schublade aus der riesigen Kommode, stellte sie auf den Tisch und legte sie mit Roses rosaroter Babydecke aus. Dann legte sie Rose hinein und zündete auf dem Kaminsims ein Dutzend Kerzen an.

Tante Jessie glaubte, dass ein Neugeborenes zuerst in einer Kommodenschublade schlafen sollte (die natürlich aus der Kommode rausgezogen wurde) und dass auch das letzte Bett eines Menschen eine Schublade sein sollte. Wenn man einen Toten in eine Schublade legte, wurde er als unschuldiges Baby wiedergeboren. Tante Jessie hatte manchmal ziemlich komische Ideen.

Ich schlich mich immer wieder ins Zimmer, um Rose anzuschauen. Irgendwie erwartete ich, sie würde die Augen aufschlagen und sich hinsetzen. Alle sagten: »Fass sie nicht an!«, aber ich tat es trotzdem. Einmal. Ich berührte ihre Hand – und erschrak furchtbar. Das war ja gar nicht ihre Hand! Es war eine Puppenhand, ganz steif, weder warm noch kalt. Ich betrachtete meine eigene Hand. Würde sie sich auch in eine Puppenhand verwandeln wie bei Rose?

Zwei Tage lang kamen und gingen dauernd irgendwelche Leute und standen weinend vor Rose und ihrer Schublade. Mit meinen vier Jahren war mir sonnenklar, dass ich schuld daran war, dass Rose in dieser Schublade lag, und ich wartete nur darauf, dass jemand mich bestrafte. Stattdessen fragten mich alle nur, ob es mir wieder besser gehe, und sie sagten, ich hätte solches Glück gehabt. Ich fand überhaupt nicht, dass ich Glück gehabt hatte. Mir kam es vor, als würde ich selbst in dieser Schublade liegen oder als müsste gleich jemand kommen und Rose herausheben und statt ihrer mich hineinlegen.

Man hätte denken können, dass Tante Jessie und Onkel Nate böse auf mich sein würden, weil Rose sich bei mir mit dem Keuchhusten angesteckt hatte und gestorben war. Aber im Gegenteil, sie schienen sich besonders für mich verantwortlich zu fühlen. Ich war ein kränkliches, dünnes Kind, das jeden Infekt, der durchs

Haus schwirrte, sofort aufschnappte. Jedes Mal, wenn ich krank wurde, wickelte mich Tante Jessie in eine Decke, trug mich in ihr Haus hinüber und pflegte mich, bis es mir wieder besser ging. Manchmal nannte sie mich Rose statt Zinny und dann hatte ich immer ein ganz komisches Gefühl. Vielleicht war ich ja wirklich Rose und die beiden waren eigentlich meine richtigen Eltern.

Meine Mutter bekam ein Kind nach dem andern, und vielleicht hatte sie ein schlechtes Gewissen, weil sie so viele Kinder hatte und Tante Jessie und Onkel Nate gar keine. Vielleicht dachte sie, so wie ich später oft, dass wir Tante Jessie und Onkel Nate etwas schuldeten. Jedenfalls hatten meine Eltern nichts dagegen, dass die beiden sich um mich kümmerten, und ich war gern bei ihnen drüben. Allerdings machte ich immer einen großen Bogen um die Schublade. Sie befand sich wieder in der Kommode, aber ich hatte immer den Verdacht, dass dort ganz schreckliche Sachen aufbewahrt wurden. Vor allem Leichen.

Wenn ich nicht krank war, machten Tante Jessie und Onkel Nate in der Umgebung der Farm lange Gesundheitsspaziergänge mit mir. Onkel Nate machte mich dann auf alle möglichen Dinge aufmerksam, zum Beispiel erklärte er mir, dass die rote Eiche offene Poren hat und sich deshalb gut für Fässer eignet, in denen trockene Dinge aufbewahrt werden, während bei einer weißen Eiche die Poren einen klebrigen Gummi absondern, der alles versiegelt, weshalb man mit weißer Eiche gut Schiffe bauen kann. Er und Tante Jessie waren wandelnde Lexika.

»Bingo!«, rief Tante Jessie immer und bückte sich, um mir eine Butterblume oder einen Farn zu zeigen. Oder sie hob eine Versteinerung mit einer Pflanze hoch und erzählte mir, wie diese vor Millionen von Jahren entstanden war. »Die Welt ist voller Wunder!« Das Einzige, was sie nicht *wunderbar* fand, waren Schlangen. Sie zuckte schon zusammen, wenn sie nur einen gekrümmten Zweig sah, der sie an eine Schlange erinnerte. »Das kann ich einfach nicht verstehen«, sagte sie oft. »Eine Schlange ist für mich kein Wunder. Ich begreife nicht, wie Gott so ein Lebewesen schaffen konnte.«

*

Am Ende unserer Gesundheitsspaziergänge kamen wir immer am Familienfriedhof vorbei, wo Rose begraben lag, aber die beiden gingen nie zu ihrem Grab. Irgendwie war das komisch mit Rose. Es war, als hätten sie Rose ausradiert. Alle ihre Spielsachen waren verschwunden, ihre Kleider, ihre Bilder. Ich konnte mich schon gar nicht mehr richtig an sie erinnern. Es schien so, als wäre alles, was mit Rose zu tun gehabt hatte, in eine Schublade in meinem Kopf gepackt worden, und diese Schublade konnte ich nicht aufmachen.

Manchmal ging ich allein auf den Friedhof und legte Blumen auf Roses Grabstein. Ich unterhielt mich dann ein bisschen mit ihr, erzählte ihr, was es Neues gab, und erkundigte mich, wie es ihr ging. Das war für mich etwas ganz Besonderes, weil ich mit den Lebenden kaum redete.

Das lag nicht daran, dass ich dumm war (obwohl viele Lehrer das zuerst dachten, wenn sie anfingen, unsere Klasse zu unterrichten) oder dass ich etwas gegen die anderen hatte. Ich hatte eher das Gefühl, dass es nicht viel zu sagen gab, was nicht schon jemand gesagt hatte oder gerade sagte. Ich hörte lieber zu.

Noch tiefer

Vor sechs Monaten wurde uns Tante Jessie weggenommen. Sie starb einfach so, in einer kühlen Frühlingsnacht. Das war ganz, ganz schrecklich.

Ihr Tod kam so plötzlich und unerwartet, dass wir alle völlig benommen und zittrig waren, während wir verzweifelt versuchten, uns irgendwie zurecht zu finden. Es war, als hätte eine riesige Hand vom Himmel nach uns gegriffen und uns allen einen schlimmen Schlag versetzt.

Onkel Nate fing an, den lieben langen Tag und manchmal auch nachts durch die Gegend zu streifen. Er machte Fotos, führte Selbstgespräche und redete mit irgendwelchen Personen, die keiner sehen konnte. Eine dieser Personen war sein *Rotvogel*, Tante Jessie, und er versuchte dauernd, sie einzufangen. Manchmal jagte er quer über die Wiese hinter ihr her. Wir konnten sie natürlich gar nicht sehen – nur Onkel Nate, wie er mit einem knorrigen Stock in der Hand herumsauste. Er wollte sie aber nicht prügeln. Den Stock hatte er immer dabei.

Er brauchte ihn, um die Schlangen zu erschlagen. Ich hatte in meinem ganzen Leben bisher nur eine einzige Schlange auf der Farm gesehen – und diese Schlange hatte ich von meinem Pfad mitgebracht. Aber Onkel Nate wollte für den Fall des Falles in Übung bleiben. Er drosch auf alles ein, was auch nur im Entferntesten wie eine Schlange aussah. Einmal kam ich dazu, als er gerade einen Gürtel zu Tode prügelte, der friedlich auf dem Boden lag. Ein andermal beobachtete ich, wie er die Wäscheleine verhaute. Ich habe keine Ahnung, wie er es sich erklärte, dass diese Schlange so hoch in der Luft schwebte und außerdem auch noch mit Hemden behängt war.

Und ich, ich war fest davon überzeugt, dass ich an Tante Jessies Tod schuld war, weil ich etwas Schlimmes getan und gesagt hatte. *Ich, Zinny Taylor: Todesbotin.* Ich hatte das Gefühl, als hätte mich jemand gefesselt und in einen Sumpf geworfen, wo ich demnächst versinken würde, wie ein weggeworfenes Stück Rindfleisch. Ich war eine wandelnde Mumie, abgeschnitten von der Welt, und ich versank immer tiefer, immer tiefer.

Etwa einen Monat nach Tante Jessies Tod kam Jake Boone zurück. Wir kannten seine Familie gut, so wie wir alle Leute in der Gegend gut kannten. Vor vier oder fünf Jahren hatten sich Jakes Eltern getrennt, und Jakes Mutter war mit ihm weggezogen, der Vater war allein da geblieben. Und dann, kurz nachdem Tante Jessie gestorben war, kam Jake zurück und versuchte, mich aus diesem Sumpf zu ziehen. Allerdings wandte er dabei ziemlich seltsame Mittel an.

Das Sonderangebot

Jake Boone war ein dürrer kleiner Junge gewesen (»so dürr wie die Uhrzeiger um sechs«, hatte Tante Jessie immer gesagt), und ich konnte mich nur noch daran erinnern, dass er einmal in der Kirche geweint hatte, weil meine Schwester May ihn in eine Hecke geschubst hatte, als er ihr eine Osterglocke schenken wollte. Als Jake wegzog, vergaß ich ihn ganz und gar, und das ist die reine Wahrheit.

Das nächste Mal sah ich Jake erst wieder nach Tante Jessies Tod, als ich eines Freitagnachmittags in Mrs Flints Laden ging. An der Kasse stand ein großer, breitschultriger Junge, der aussah wie sechzehn (was er auch war). Er trug ein weißes T-Shirt mit hochgerollten Ärmeln. Normalerweise tragen die Jungs bei uns ihre T-Shirts nicht so. Seine Haare waren kurz und dunkel, und er grinste mich an.

»Hallo!«, sagte er. »Welche von den Taylors bist du denn?«

Ich bin diese Frage gewöhnt, antwortete aber trotzdem nicht.

»Ich weiß doch, dass du eine von den Taylors bist«, sagte er. »Das sieht man gleich. Aber welche bist du? Gretchen? May?«

»Zinny.« Ich war selbst ganz erstaunt, als ich meine Stimme hörte, weil ich sie in letzter Zeit nicht häufig gebraucht hatte.

»Nein! Unmöglich! Du warst doch noch ein fipseliges kleines Entchen, als ich dich das letzte Mal gesehen habe!«

»Und wann war das?«, wollte ich wissen.

»Oje – ich hab dich nicht mehr gesehen, seit die Schweine meine Oma gefressen haben.«

Die Schweine hatten seine Oma natürlich nicht gefressen. Das ist nur so eine typische Bybanks-Redensart.
»Weißt du überhaupt, wer ich bin?«, fragte er.
»Vielleicht weiß ich's, vielleicht weiß ich's nicht.« (Ich wusste es nicht.)
»Jake – ich bin Jake!«
Ich musterte ihn eingehend. »Jake Boone?«
»Jep.« Er legte beide Hände auf die Brust, als wollte er sich überzeugen, dass er tatsächlich noch da war. »Jawohl, der bin ich.«
Er erinnerte überhaupt nicht mehr an den dürren kleinen Dreckspatz, den May in die Hecke befördert hatte.
»Was starrst du mich so an?«, sagte er. »Glaubst du mir nicht?«
Ich glaubte ihm tatsächlich nicht. Bestimmt war er ein Lügner, ein Hochstapler! Ich hatte mal einen Film gesehen, da war ein Mann vom Krieg zurückgekommen, und die Frau hatte zwei Jahre gebraucht, um zu merken, dass er gar nicht ihr richtiger Mann war. »Du siehst ganz anders aus.«
»Na ja, du auch«, sagte er. »Wie geht's deiner Familie? Tut mir echt Leid mit deiner Tante. Wie wird denn Onkel Nate damit fertig?«
»Nicht besonders gut.«
»Was machen May und Bonnie und Will? Und Gretchen? Ben? Sam?«
Er hatte wirklich ein erstklassiges Gedächtnis. »Es geht ihnen gut«, sagte ich.
»Und Sal Hiddle? Ist sie immer noch deine beste Freundin?«
»Sie ist weggezogen«, sagte ich. »Nach Ohio.« Das war noch so ein Loch in meinem Leben. Meine Freundin Sal war gezwungen worden, mit ihrem Vater nach Ohio zu ziehen. Sal hatte steif und fest behauptet, sie werde nach Bybanks zurückkommen, aber ich war mir da nicht so sicher. Ihre Mutter hatte das auch gesagt, und die war jedenfalls nicht zurückgekommen.

»Wer wohnt jetzt in dem Haus? Ich hab ein Auto bei der Farm gesehen –«

»Die Leute heißen Butler. Sie zahlen Miete«, erklärte ich.

»Und deine Schwester May – ist sie immer noch so hitzig?«

»So hitzig wie ein gebratener Stier«, sagte ich.

Jake nahm das Mehl, das ich neben die Kasse gestellt hatte. »Ist das alles?« Er tippte den Betrag ein, packte das Mehl in eine Tüte, holte eine Packung Kekse von dem Regal hinter ihm und steckte sie ebenfalls in die Tüte.

»Du hast zu wenig eingetippt«, sagte ich. »Und ich will keine Kekse.«

»Du hast wirklich ’nen messerscharfen Verstand, Zinny Taylor.« Er schob die Tüte über die Theke. »Mehl gibt’s heute im Sonderangebot. Und wenn man Mehl kauft, kriegt man außerdem noch ’ne Packung Kekse kostenlos.«

»Aber nicht bei Mrs Flint.«

»Das ist auch was Neues«, sagte Jake. »Eine Sonderaktion, nur für einen Tag.« Ich war schon im Gehen, als er hinzufügte: »Vielleicht komm ich mal vorbei, zu Besuch.«

»Irgendjemand ist immer da«, antwortete ich, weil ich dachte, er meinte die ganze Familie.

*

Beim Abendessen sagte meine Mutter: »Woher kommen eigentlich diese Kekse, die auf der Küchentheke liegen?«

Ich erklärte die Geschichte mit dem Sonderangebot.

»So was macht Mrs Flint? Ein Sonderangebot?«, fragte Dad ungläubig.

»Nein. Jake Boone.«

Meine Schwester May, die sechzehn ist und sehr stolz darauf, sagte: »Jake Boone? Er ist wieder da? Dieser dürre kleine Mistkäfer –«

Dad sagte: »Ich habe gehört, dass er und seine Mutter zurückgekommen sind.«
»Für immer?«, wollte Mom wissen.
»Zu Mr Boone?«, fragte Gretchen.
»Angeblich«, sagte Dad.
Onkel Nate saß stumm am Tischende und deutete auf die Sauce. Ich reichte sie ihm.
May ließ nicht locker. »Und wie sieht der kleine Mistkäfer jetzt aus?«
»Anders«, sagte ich.
Gretchen, meine älteste Schwester, fragte: »Sieht er gut aus?«
Alle sahen mich an. Ich zuckte die Achseln. »Keine Ahnung.« (Ich hatte eine Ahnung. Er sah gut aus.)
»Meinst du, er kommt uns mal besuchen?«, wollte May wissen.
Ich sagte: »Kann schon sein.«
»Ehrlich, Zinny«, sagte May, »du solltest endlich mal lernen, wie man in vollständigen Sätzen redet. Wann kommt er denn?«
»Keine Ahnung. Irgendwann.«
Man kann sich gleich umdrehen und sterben, wenn May ein Auge auf jemanden wirft. Sie kriegt alle Jungs. *Alle.* Und wenn man sich ihr in den Weg stellt, wird man plattgewalzt wie ein Pfannkuchen.

Beschlüsse

Das Zentrum von Bybanks liegt etwa anderthalb Kilometer von unserem Haus entfernt. Es besteht aus drei kleinen Schulgebäuden und einem Lebensmittelgeschäft, einer Tankstelle, einer Kirche und einem Postamt. Mehr nicht. Insgesamt leben in Bybanks hundertzweiundzwanzig Personen. Diese Zahl steht jedenfalls auf dem Schild am Stadteingang. Fast alle leben auf Farmen. Die Kinder aus den Nachbarorten gehen auch auf unsere Schule, sonst wären es nur etwa ein Dutzend Schüler, und die meisten heißen Taylor.

Gleich hinter unserer Farm beginnen die Berge – fünfzig, sechzig, vielleicht sogar siebzig Kilometer nichts als Berge und Bäume und Flüsse. Die Leute hier behaupten, dass man Tage, Wochen, ja, Monate lang durch diese Berge wandern kann, ohne einer Menschenseele zu begegnen. Angeblich gibt es dort Stellen, wohin noch nie jemand einen Fuß gesetzt hat.

Unsere Farm gehört schon immer Onkel Nate. Er ist Dads Bruder und viel älter. Aber vielleicht gehörte sie auch Dad. Das war eine ewige Diskussion, wem sie gehörte. Onkel Nate sagte, es sei Dads Farm, und Dad beharrte darauf, es sei Nates Farm, bis Nate den Löffel abgeben werde.

Onkel Nate war ein rastloser Mann, so sprunghaft wie ein Floh, der sich bei einem alten Farmhund eingenistet hat, und manchmal trieb er Tante Jessie fast in den Wahnsinn, weil er ihr immer in die Quere kam. Dann schlug sie ihm vor, er solle doch eine seiner Bergwanderungen machen oder auf der Farm arbeiten. Nor-

malerweise entschied er sich für die Bergwanderung, und vorher fragte er: »Bist du ganz sicher, dass du nicht mitkommen möchtest?« Manchmal gab Tante Jessie nach und ging mit, aber immer häufiger seufzte sie nur tief und sagte, er solle sich alleine auf den Weg machen. Sie habe ein schwaches Herz, meinte sie. Und außerdem hatte sie Diabetes. Sie sprach immer von ihrem *Zucker.* »Mein Zucker macht mir schon wieder zu schaffen«, sagte sie.
Onkel Nate erwiderte dann: »Dann muss ich wohl alleine losziehen und mich mit meinem Schatz treffen.« Ich beachtete diesen Satz gar nicht – mir war völlig klar, dass es ein Witz sein sollte.
Wenn Onkel Nate in die Berge wanderte, war er oft den ganzen Tag unterwegs, und hin und wieder nahm er sogar einen Schlafsack mit und übernachtete irgendwo. Für die Farmarbeit entschied er sich nur ganz selten, weil er ganz bestimmte Vorstellungen hatte, was möglich war und was nicht.
Er hatte versucht, Hühner zu halten, aber dann hatte er gemerkt, dass er es nicht ertragen konnte, wenn sie geschlachtet wurden, also beschloss er, keine Hühner mehr zu halten. Als nächstes baute er Tabak an. Unser Land ist ideal für Tabak, denn die Erde ist feucht und dunkel und bekommt jede Menge Sonne und Regen. Obwohl Onkel Nate hin und wieder gern ein Pfeifchen rauchte, machten ihm die Warnungen des Gesundheitsministeriums, dass Rauchen die Gesundheit gefährde, doch ziemliche Angst, und deshalb fasste er den Beschluss, keinen Tabak mehr anzubauen.
Eine Weile hatten wir eine große Herde Milchkühe, aber sie kriegten eine Krankheit, und innerhalb von zwei Tagen verloren wir siebenundzwanzig Kühe. Onkel Nate sagte, er könne es nicht ertragen, diese wunderbaren Geschöpfe sterben zu sehen, also beschloss er, keine Kühe mehr zu halten, außer den beiden, die unsere Familie mit Milch versorgten.
Bei Schweinen wäre es wie mit den Hühnern – sie müssten ge-

schlachtet werden, also entschied er sich von vornherein dagegen. Als Nächstes kamen Mais und Tomaten dran. Auf dem Markt verschenkte Onkel Nate dann aber fast alles, denn er war unfähig, Geld dafür zu verlangen, weil das gegen seine Prinzipien verstieß. Tante Jessie sagte schließlich zu ihm, er solle nicht mehr so viel anbauen, weil alles nur vergammelte und wir bald bankrott machen würden. Unter diesen Umständen war er zwar mit dem Anbau von Mais und Tomaten einverstanden, aber eben nur in kleinen Mengen, gerade so viel, wie wir selbst essen konnten, und noch ein bisschen mehr, damit es auch für die Nachbarn reichte. Da wir mit Onkel Nates Ackerbau und Viehzucht nicht besonders viel verdienten, war es gut, dass mein Vater einen Vollzeitjob als Manager am regionalen Flughafen hatte.

*

Tante Jessie hatte rote Haare, deshalb nannte Onkel Nate sie immer zärtlich seinen Rotvogel, und durch ihre roten Haare unterschied sie sich von uns anderen. Onkel Nate und Dad sahen ziemlich durchschnittlich aus, aber wir Kinder glichen alle unserer Mutter: dunkle Haare, dunkle Augen, kleine Nasen und Ohren, lange, dünne Beine. Mom sagte einmal, sie komme sich vor wie ein Fotokopiergerät. Das sagte sie eines Tages zu Mrs Flint im Lebensmittelgeschäft, und Mrs Flint dachte, sie würde sich über die große Kinderzahl beschweren, denn sie sagte: »Haben Sie denn noch nie etwas von Empfängnisverhütung gehört? Sie wissen doch, dass niemand eine Million Kinder bekommen muss. Sie können zum Arzt gehen und sich die Pille verschreiben lassen.«
Tante Jessie war auch mit dabei, und sie sagte: »Ach was, zum Arzt gehen! Gott hat ihr diese Kinder geschenkt, und wenn Gott ihr eine Pille geben will, dann soll Er das tun.«
Es war ein heikles Thema, und ich hätte nie im Leben etwas dazu gesagt, also hielt ich den Mund. Wie immer.

Frösche und Schnecken

An dem Tag, als ich Jake Boone im Laden gesehen hatte, verkündete May nach dem Abendessen: »Es hängt mir zum Hals raus, dass mich alle Leute immer fragen, welche von den Taylors ich bin. Es hängt mir zum Hals raus, dass ihr alle immer ›Bonnie – Gretchen – Zinny – May‹ sagt, bevor ihr wisst, mit wem ihr eigentlich redet.«

Sie war dabei, sich in einen ihrer Wutausbrüche hineinzusteigern, aber ich verstand genau, was sie meinte. Unsere Eltern sagten immer »Bon-Gret-May-Zinny?« oder »Will-Ben-Sam?«

May hörte noch nicht auf. »Ich werde jetzt etwas unternehmen, damit ihr leichter sehen könnt, wer ich bin!« Sie knotete sich ein bunt gestreiftes Band in die Haare. »Das Ding da ist mehrfarbig«, sagte sie, »*M* steht für *m*ehrfarbig und für *M*ay.« Ich fand, dass May schon ein bisschen zu alt war für Haarbänder, aber anscheinend hatte sie in einem Zeitschriftenartikel gelesen, dass Haarbänder wieder in seien. May war nämlich unglaublich modebewusst.

Gretchen ist siebzehn. Sie erklärte plötzlich, sie werde nur noch Grün tragen (»*G* steht für *G*rün und für *G*retchen«, sagte sie). Das kostete sie nicht viel Überwindung, weil Grün sowieso ihre Lieblingsfarbe war.

Die elfjährige Bonnie beschloss, nur noch Blau zu tragen. Mich brachte das in eine ziemlich blöde Situation, weil mir keine Farbe mit Z einfiel. Bonnie schlug vor, ich könnte ja auf alle meine Klamotten eine Zinnie malen (das ist eine Blume).

Noch am selben Abend fing ich damit an. Als ich in meinem T-Shirt mit der frisch aufgemalten roten Zinnie nach unten kam, schaute meine Mutter etwas verwirrt auf die rote Blume. Wahrscheinlich zermarterte sie ihr müdes Gehirn und versuchte sich daran zu erinnern, ob sie einem ihrer Kinder einen Namen mit *R* gegeben hatte. Rebecca? Ruby? Oder sollte die Blume etwa signalisieren, dass mein Name auch mit B anfing und ich mich nicht wie Bonnie mit Blau ausweisen wollte? Bridget? Becky?

»Das ist eine Zinnie, Mom. Ich heiße Zinny.«

»Das weiß ich«, sagte sie. »Ich kann euch sehr gut auseinander halten. Ich habe nur manchmal so viele andere Sachen im Kopf. Aber selbst wenn man mir die Augen verbinden würde, und du kämst ins Zimmer, wüsste ich gleich, dass du es bist.«

»Warum?«

»Weil ich weiß, wer Zinny ist. Ich weiß, wie sie klingt, wie sie riecht, ich kenne ihre … Ausstrahlung. Ich weiß, wer sie *ist.*«

Ich hätte sie am liebsten gefragt: *Und wer ist sie?,* aber ich ließ es bleiben.

»Na ja – jedenfalls ist das keine Zinnie, was du da gemalt hast«, sagte sie. »Das ist eine Rose.«

Nicht zu fassen! Ich hatte mir tatsächlich eine Rose aufs T-Shirt gemalt! Es war richtig unheimlich.

Meine jüngeren Brüder gingen das Problem anders an. Will (er ist zehn) beschloss, nur noch *weiße* Sachen zu essen (Reis, Kartoffeln, Weißbrot, Eiweiß usw.); Ben (er ist neun) wollte zu jeder Mahlzeit *Bohnen* essen, auch schon zum Frühstück; und Sam (er ist sieben und der Jüngste) entschied sich für Suppe. Dadurch wurde es zwar nicht unbedingt leichter, sie zu unterscheiden, es sei denn, man saß mit ihnen am Esstisch, aber man konnte sich eigentlich darauf verlassen, dass sich auf ihren Klamotten irgendwelche Essensreste befanden, und daraus konnte man dann gewisse Schlüsse ziehen.

Mom und Dad gaben sich große Mühe, diese Hinweise zu beachten und uns bei unseren richtigen Namen zu rufen, aber Onkel Nate unternahm nicht mal den Versuch. Er nannte alle Jungen »Frosch« (das tat er schon immer, und manchmal konkretisierte er seine Angaben und sagte »der kleinste Frosch« oder »der größte Frosch«) und uns Mädchen nannte er alle »Schnecke«. Man glaubt mir sicher sofort, wenn ich sage, dass Gretchen nicht besonders begeistert war, wenn er sie die »größte Schnecke« nannte.

*

Bis auf meinen Bruder Ben hielten sich alle meine Geschwister gern im Haus auf – bei Computer und Fernseher und Stereoanlage und Telefon. Ben und ich waren lieber draußen im Freien, vor allem, seit ich nicht mehr so oft krank war. Seit Jahren hatte ich keine Erkältung mehr gehabt oder so was. Für mich war es die schlimmste Strafe, wenn ich das Haus putzen oder in meinem Zimmer bleiben musste. »Da drin ist nicht genug Luft«, sagte Tante Jessie immer, und ich fand das auch. Sie und ich erledigten viele Dinge, die eigentlich ins Haus gehörten, draußen im Freien: Kartoffeln schälen, Wäsche sortieren und falten. Wir bügelten sogar an der frischen Luft, solange es nicht regnete, und Tante Jessie hatte extra für diesen Zweck ein sieben Meter langes Verlängerungskabel, das von ihrer Küche bis in den Garten reichte.

Ich teilte mir ein Zimmer mit meinen drei Schwestern, und wenn May und Gretchen dachten, Bonnie und ich würden schon schlafen, flüsterten sie abends immer noch stundenlang. Einmal hörte ich, wie sie das Superlativ-Spiel spielten. Das ging folgendermaßen:

May flüsterte: »Was bin ich dann? Du bist die älteste und die gescheiteste, Gretchen. Das weiß jeder.«

»Du bist die hübscheste, May.«
»Ehrlich?«
»Ja, klar. Alle finden das.«
»Und Bonnie ist die netteste«, sagte May.
»Will ist der stärkste und Ben der hilfsbereiteste, findest du nicht auch?«, sagte Gretchen.
»Ja, und Sam ist der niedlichste.«
»Und was ist mit Zinny?«, fragte Gretchen. »Wir haben Zinny vergessen.«
»Sie ist die … die komischste und knauserigste kleine Wühlmaus in der ganzen Familie!«
Und sie wollten sich ausschütten vor Lachen.

Der Pfad

Der Tag nach meinem Zusammentreffen mit Jake in Mrs Flints Laden war ein Samstag. Dad und Onkel Nate waren auf dem Feld draußen und pflanzten Tomaten. Sie hatten eine Palette mit Pflanzen bei den »Kinderbeeten« hinter dem Haus abgestellt. Jedes von uns Kindern hatte dort einen Minigarten, und in der Woche zuvor hatte ich Zinnien um mein Beet herum gepflanzt. Ich wollte nicht die braune Erde sehen, die so nackt und leer war wie die auf Tante Jessies Grab.

Für unsere Beete gab es drei Regeln: Wir konnten pflanzen, was wir wollten; wir mussten uns selbst um unseren Garten kümmern (Unkraut jäten, gießen, Ungeziefer absammeln); und mit dem, was in unserem Garten wuchs, konnten wir tun, was wir wollten, was so viel hieß wie: essen oder verkaufen. Im ersten Jahr war ich mit den Sachen, die in meinem Garten wuchsen, dermaßen knickerig gewesen, dass ich nicht einmal mir selbst erlaubte, sie zu essen, und weggeben wollte ich sie schon gar nicht. Also weinte ich schrecklich, als alles verfaulte.

An jenem Samstag pflanzte ich sechs Tomatenstöcke in meinem Garten, goss sie ausgiebig und redete dann jedem einzelnen Stock gut zu und versicherte ihm, dass er es schaffen werde. Tante Jessie hatte fest daran geglaubt, dass man alle Pflanzen individuell behandeln musste. Dann seien sie glücklicher und würden mehr Tomaten tragen, hatte sie behauptet.

Als ich damit fertig war, verdrückte ich mich. Ich rannte die Anhöhe hinter der Scheune hinauf und auf der anderen Seite wieder hinunter und ein Stück den Bach entlang, bis ich zu der Stelle kam, wo mein Pfad begann. Ich fand, dass der Pfad mir gehörte, denn schließlich hatte ich ihn entdeckt. Na, jedenfalls hatte ich ihn *wieder* entdeckt, ein paar Wochen vor Tante Jessies Tod. Der Pfad existierte schon seit mindestens zweihundert Jahren.

Ich war ganz zufällig darauf gestoßen, als ich am Bachufer entlang gestolpert war, immer hinter einem schläfrigen Frosch her. Es war kein besonders schlauer Frosch, denn er hüpfte vom Wasser weg ins Gras, wo er sich ziemlich bald verhedderte. Da trat ich plötzlich auf etwas Hartes, das unter mir wegrutschte und im Matsch ein gurgelndes Geräusch verursachte. Es war eine große, flache Schieferplatte, mit modrigem Laub und mit Gras bedeckt.

Als ich einen Schritt zurück trat, gurgelte es wieder, weil ich auf die nächste Schieferplatte getreten war, die genau an die erste anschloss. Während der nächsten Stunden räumte ich immer mehr Gras und Dreck weg und legte so eine ganze Reihe ähnlicher Steine frei, ein Pfad, der vom Fluss den Abhang hinaufführte. *Ich, Zinny Taylor: Forscherin!*

Ein paar Tage behielt ich meine Entdeckung für mich. Ich wollte etwas haben, das nur mir gehörte. Aber dann folgten mir Ben und Sam, und als sie meinen neu entdeckten Pfad sahen – der zu dem Zeitpunkt knapp einen Kilometer lang war –, rannten sie sofort nach Hause, um Will und Bonnie zu holen. Bald war die ganze Familie versammelt und trampelte auf den Steinplatten herum. »Was ist das?«, fragten sie. »Woher stammen diese Steine?« und »Wer hat diesen Pfad angelegt?« und »Wohin führt er?«

Onkel Nate und Tante Jessie sagten nichts. Onkel Nate kickte gegen die Steine und blickte sich um, als wäre er gerade erst auf unserem Planeten gelandet. Schließlich sagte er: »Ich habe in meinem ganzen Leben noch keine so laute Versammlung von Fröschen und Schnecken gesehen!«

»Weißt du denn, was das ist?«, fragte Dad.
»Das ist ein stinknormaler Pfad«, sagte Onkel Nate.
»Was für ein stinknormaler Pfad?«
»Na ja, eben ein stinknormaler Pfad. Der führt nirgends hin.«
»Aber irgendwohin muss er doch führen!«, sagte Will.
»Führt nirgends hin«, wiederholte Tante Jessie Onkel Nates Worte.
»Ich schau mir mal die ganze Strecke an«, verkündete Gretchen.
»Ich auch!«, rief Will.
Ich weiß nicht, was über mich kam. »Das geht nicht«, sagte ich. »Der Pfad ist überwuchert. Das Stück hier kann man nur sehen, weil ich es freigelegt habe. Es gehört mir.«
»Red keinen Quatsch!«, sagte Will. »Der Pfad gehört nicht dir.«
Ich hatte das Gefühl, als wollte er mir meinen wertvollsten Besitz wegnehmen. Irgendwie war dieser Pfad plötzlich wahnsinnig wichtig für mich – ich hätte gar nicht sagen können, warum –, und ich war wild entschlossen ihn zu verteidigen. »Ich habe den Pfad entdeckt. Ich habe ihn freigelegt.«
»Du hast ihn doch gar nicht entdeckt! Er war schon da. Du hast ihn nur einfach wieder gefunden. Na und? Ich hätte ihn genauso gut finden können, wenn ich hier rumgelaufen wäre«, sagte Will.
»Ich hab die ganze Arbeit gemacht.«
Will funkelte mich spöttisch an. »Du hast ja noch gar nicht den ganzen Pfad geräumt. Ich kann auch noch was tun.«
»Ich auch!«, rief Bonnie.
Ich hatte mir alles so schön ausgedacht mit dem Pfad und jetzt nahmen die anderen ihn mir weg.
Onkel Nate wiederholte: »Führt nirgends hin.« Tante Jessie wirkte irgendwie unruhig. Vielleicht will sie nicht, dass wir alle

rauf in die Berge gehen, dachte ich. Aber da irrte ich mich. Onkel Nate und Tante Jessie wussten, was es mit dem Pfad auf sich hatte, und sie wollten nicht, dass jemand anderes dahinter kam.

*

Wenig später entdeckte ich die Landkarten. Mit der Klasse besuchten wir das Historische Museum bei uns in der Gegend, und ich muss leider sagen, es war stinklangweilig. Die Räume waren dunkel und muffig, und man spazierte zwischen lauter Glaskästen herum, in denen winzige Keramikscherben und vergilbte Bücher und Bilder von alten Leuten ausgestellt waren. Gerade, als ich dachte, es in dem düsteren Verlies keine Minute länger aushalten zu können, weil ich mich so eingesperrt fühlte, schaute ich mir noch ein Ausstellungsstück an, und das war eine Landkarte. Ich sah eine gestrichelte Linie auf der Karte und folgte ihr mit den Augen – und da standen die Worte: *Bybanks-Chocton-Pfad.*

Der Bybanks-Chocton-Pfad! Ich schaute mir die Karte genauer an. Der Teil, der im Schaukasten ausgelegt war, zeigte den Anfang des Wegs, in Bybanks, ein Stück gleich hinter unserer Farm, aber unsere Farm und der Rest des Weges waren nicht zu sehen. Ich fragte die Frau, die uns durchs Museum führte, ob es noch mehr Landkarten gebe. Sie führte mich nach unten in ein finsteres Kabuff voller Spinnweben, in dem nur eine nackte Glühbirne an der Decke hing. Hier befanden sich ganze Landkartenbände, einzelne Landkarten, große Karten, kleine Karten – alle vergilbt, alle verstaubt. Es dauerte nicht lang, bis wir noch andere Karten mit dem Bybanks-Chocton-Pfad gefunden hatten, und schließlich hatten wir drei beisammen, die ihn von Anfang bis Ende zeigten: ein Pfad, der sich über dreißig Kilometer erstreckte. Wir fotokopierten die Karten, und ich nahm die Kopien mit nach Hause, wo ich sie ganz hinten in meinem Schrank verstaute, unter meiner

Sammlung mit Kronenkorken. Dort schnüffelte nie jemand herum.
Während der nächsten Woche studierte ich diese Karten jeden Tag und prägte mir jeden Zentimeter haargenau ein. Ich fand die Stelle, wo jetzt unsere Farm lag, ich fand den Bach und das Stück, das ich schon geräumt hatte. Die Karten waren ziemlich primitiv, grobe Skizzen, die den Verlauf des Pfades zeigten, mit handschriftlichen Angaben und mit Ortsnamen, die märchenhaft und irgendwie unheimlich klangen. Ich stellte mir vor, wie ich den Maidengang entlang ging, durch das Krähenloch zum Kinderzehenberg, und wie ich mich dann beim Schlafenden Bären ausruhte. Bei der Geisterschlucht und dem Berg des Schattentodes war ich mir nicht so sicher.
Ich ging noch zweimal ins Museum, um weiter zu forschen, und fand heraus, dass der Weg ursprünglich ein Indianerpfad gewesen war, der später von Trappern und dann von Holzfällern benutzt worden war. Etwa auf halber Strecke kreuzte den Pfad eine Eisenbahnlinie, die von einem Holzunternehmen gelegt worden war, um Baumstämme aus den Bergen herunter zu transportieren, inzwischen aber längst still gelegt war.
Es war ein relativ schmaler Pfad, gerade breit genug für einen Reiter, aber zu eng für einen Wagen. Der untere Teil des Pfades war mit Steinplatten ausgelegt. Die Frau im Museum meinte, das hätte man getan, damit man den Pfad im Frühjahr besser benutzen konnte, wenn der Boden aufgeweicht und matschig war. Sie meinte außerdem, später hätten Siedler für ihre Wagen dem Fluss entlang einen breiteren Weg angelegt, der dem gewundenen Lauf folgte, und daraus habe sich dann die Hauptverbindungsstraße zwischen Bybanks und Chocton entwickelt.
Im Museum fand ich auch ein verblasstes Foto von Leuten, die meinen Pfad entlang ritten, und jedes Mal, wenn ich mich aufmachte, um ein neues Stück zu räumen, dachte ich an diese

Leute. Wer waren sie? Was hatten sie gedacht? Warum waren sie nach Bybanks oder nach Chocton geritten?

*

An dem Tag, an dem ich die Tomaten in mein Beet pflanzte, ging ich später die anderthalb Kilometer ab, die ich schon geräumt hatte. Unterhalb von mir sah ich die Farm, unser Haus, den langen Kiesweg, der zur Hauptstraße führte, und dahinter die blassen, sanften Hügel am Ohio River. Der Fluss selbst war lehmig braun, weil der Aprilregen die nackte Erde hineingespült hatte.

Ich ging zu der Stelle, wo ich das letzte Mal mit meinen Räumungsarbeiten aufgehört hatte. Mein kleiner Spaten lag unter einem Busch. Dieser Spaten und eine Hacke waren außer meinen Händen meine einzigen Werkzeuge, aber mehr brauchte ich nicht. Ich scharrte und rupfte und legte einen Stein nach dem andern frei. Wenn es geregnet hatte, ging es leichter, weil die Erde um die Wurzeln des Unkrauts herum locker war. Manchmal hatte das Unkraut aus unerklärlichen Gründen einen Stein ausgelassen und ich hatte keine Mühe. Aber meistens war es gar nicht so einfach, und ich musste ziemlich ziehen und zupfen, bis ich das Grünzeug raus hatte.

Zwischendurch legte ich mich ins Gras, schaute den Wolken nach und lauschte dem tiefen dunklen Wald hinter mir. Der Pfad führte in einem Bogen zu diesem Wald, und einerseits wollte ich möglichst schnell dorthin kommen, um zu sehen, wohin der Pfad mich führen würde. Aber andererseits hatte ich große Angst vor dem, was mich dort erwartete.

An diesem Tag kam ich mit dem Räumen nur langsam voran. Als ich mich auf den Heimweg machte und an die Biegung kam, von der aus man die Farm sehen konnte, bemerkte ich, dass Mr Boones Truck neben der Scheune stand. Solange seine Frau und Jake weggewesen waren, hatte der einsame Mr Boone öfter bei uns

vorbeigeschaut. Aber seit die beiden wieder da waren, hatten wir ihn nicht mehr gesehen, und es wunderte mich, dass er sich plötzlich wieder bei uns meldete.
Ich ging den Abhang hinunter, inspizierte noch mal meine frisch gepflanzten Tomaten und ging dann ins Haus. Es war zwar Mr Boones Wagen, der draußen geparkt war, aber es war nicht Mr Boone, der uns besuchte.

Kronenkorken

»Rat mal, wer auf der Veranda sitzt«, sagte Bonnie.
»Mr Boone«, sagte ich.
»Falsch.«
»Na, dann Mrs Boone.«
»Auch falsch.«
»Wer dann?«
»Du musst raten!«
Von Bonnie bekommt man nie eine richtige Antwort.
Die ganze Familie hatte sich auf der Veranda versammelt, sogar Onkel Nate war dabei. Alle standen um Jake Boone herum, redeten ohne Punkt und Komma auf ihn ein und bombardierten ihn mit endlosen Fragen – man hätte denken können, Elvis Presley persönlich sei vorbeigekommen. May saß neben Jake auf der Gartenschaukel, schaute ihn verträumt an und fingerte an ihrem Haarband herum. Niemand bemerkte mich.
»Du arbeitest jetzt also im Laden von Mrs Flint?«, fragte Dad gerade.
»Ja, genau«, sagte Jake.
»Wie viel kriegst du die Stunde?«, wollte Onkel Nate wissen. Seit Tante Jessies Tod war er manchmal sehr gereizt und brummig, als würden ihn alle Leute nerven, einfach schon durch ihre Anwesenheit.
Jake sagte es ihm.
»Das ist ja der reinste Diebstahl!«, schimpfte Onkel Nate.
»Es ist der Mindestlohn«, erklärte Jake.

»Trotzdem Diebstahl. So viel hab ich in meinem ganzen Leben nicht gekriegt, nicht mal als Wochenlohn! Diese verdammte Inflation. Wir sollten diese verflixten Politiker wirklich aus dem Land jagen, wir sollten –«

»Hey, Zinny!«, rief Jake. Als er aufstand, schlug ihm die Schaukel von hinten gegen die Beine. May warf mir einen vernichtenden Blick zu.

»Du kannst gern zum Abendessen bleiben, wenn du willst«, sagte Mom.

Jake bedankte sich höflich und sagte, er müsse leider zurück zur Arbeit.

»Um diese Tageszeit?«, sagte Onkel Nate. »Die Läden dürften nicht so lang geöffnet sein. Samstagabends schon gar nicht! Die Leute sollten nach Hause gehen und sich dort um den Haushalt kümmern und mit ihren Familien zusammen sein. Das kannst du Mrs Flint von mir ausrichten, verstanden?«

Jake kam von der Veranda herunter zu mir und stupste mich in die Seite. »Ich kann es immer noch nicht fassen, Zinny. Du hast dich so verändert!«

May folgte ihm, als würde er sie an einer Schnur hinter sich her ziehen. »Findest du, ich hab mich auch verändert?«, wollte sie wissen.

»Überhaupt nicht«, sagte er, und May wurde rot. »Willst du meinen Truck sehen, Zinny?«

»Du meinst den von deinem Vater?«, sagte ich. »Kenn ich schon.«

»Ich möchte dir was zeigen.«

»Ich komme mit«, verkündete May.

Im Truck stand vorne auf dem Boden eine kleine Schachtel. Jake gab sie mir.

May wollte sie gleich an sich nehmen. »Komm, ich mach sie auf.«

Aber Jake sagte: »Die ist für Zinny.«
»Für *Zinny*?« May fuhr zurück, als hätte er ihr eine Ohrfeige verpasst, und als ich die Schachtel öffnete, rief sie entsetzt: »*Kronenkorken*?«
»Sammelst du sie noch?«, fragte mich Jake.
»Klar.« Ich wusste nicht recht, was ich sagen sollte. Ich wusste nicht, was ich von Jake und seinem Geschenk halten sollte!
»*Kronenkorken*?«, wiederholte May, als fände sie schon das Wort absurd.
Als Jake wegfuhr, winkte May dem Truck mit anmutigen Handbewegungen nach. Zu mir sagte sie: »Ehrlich, Zinny – du bist langsam echt zu alt, um Kronenkorken zu sammeln. Das ist ja so was von peinlich! Man muss sich schämen, wenn man mit dir verwandt ist.«
Ich musste plötzlich an Tommy Salami denken. Eigentlich hieß er Tommy Salome, aber er selbst hatte sich auch immer Tommy Salami genannt. Vor drei Jahren war er in Mays Klasse gewesen, und jedes Mal, wenn er mich sah, hatte er mir etwas geschenkt. Es waren immer ganz kleine Geschenke gewesen: ein Plastikring aus einer Cornflakesdose, eine alte Flasche aus seiner Scheune oder ein rostiger Schlüssel, den er am Straßenrand gefunden hatte. Für mich waren das tolle Schätze, und mir wurde immer ganz schwindelig, wenn ich nur an Tommy dachte.
Er sagte immer komische Sachen. Zum Beispiel fragte er mich, ob ich schon mal gesehen hätte, wie Bäume laufen, und ob ich gern ein Aquarium wäre.
»Ein *Aquarium*?«, fragte ich verblüfft. »Du meinst, ob ich gern irgendwas *in* einem Aquarium wäre? Ein Fisch oder so?«
»Nein, ich meine das ganze Aquarium. Alles: das Wasser, die Pflanzen, die Fische, die Schnecken – eben das ganze Aquarium.«
Ich betete Tommy Salami an. Tag und Nacht dachte ich nur an

ihn, ich träumte von ihm, und ich schrieb seinen Namen in alle meine Schulbücher. Für mich war Tommy Salami die Krönung der Schöpfung: die Sonne, der Mond und die Sterne, alles auf einmal.

Eines Tages sah ich ihn den Kiesweg zu unserem Haus entlang kommen. Mir blieb fast die Luft weg – Tommy Salami kam zu uns! Tommy Salami kam *mich* besuchen! Schneller als ein Hund seine Futterschüssel auslecken kann, bürstete ich mir die Haare, zog eine frische Bluse an und rannte nach unten. Ich stieß die Fliegengittertür auf – und da saß Tommy Salami in der Verandaschaukel. Und neben ihm saß May.

Ich verschwand wortlos im Haus und schlich zur Hintertür hinaus. Dann ging ich den Kiesweg hinunter und wartete. Eine Stunde. Zwei Stunden. Endlich sah ich Tommy Salami kommen, und ich ging auf ihn zu.

»Zinny!«, sagte er. »Wo kommst du denn her?«

Ich sagte nichts. Es gab keine Worte für mich.

»Ich muss mich bei dir bedanken«, sagte er. »Du hast bestimmt bei May ein gutes Wort für mich eingelegt. Sie geht mit mir auf das große Schulfest! Ist das nicht toll?« Er grinste so glücklich, dass es aussah, als hätte er ein paar zusätzliche Zähne. »Du bist echt ein Goldschatz, Zinny.«

Ich fand, dass ich etwas ganz anderes war, nämlich *Zinny Taylor: Idiotin.* Die ganze Geschichte war so furchtbar für mich, dass ich dachte, ich müsste sterben – ich fühlte mich so gedemütigt! Ich war nicht mehr wert als ein Eimer Spucke!

Es hatte noch andere Jungs gegeben, und bei allen war es gelaufen wie bei Tommy Salami. Zum Beispiel Jerry Abbott und Mickey Torke, Slim Giblin und Roger Pole. Sie schmierten mir alle Honig um den Mund und machten mir Geschenke, und schließlich landeten sie bei May. Ich hätte genauso gut ein Schwein sein können, das bei einem Hunderennen mitmacht.

Ich habe keine Ahnung, warum diese Jungen nicht Gretchen oder Bonnie einsetzten, um an May ranzukommen, oder warum sie May nicht direkt angingen. Ich glaube, bei Gretchen hatten sie das Gefühl, dass sie sich so was nicht gefallen ließe, und Bonnie war vermutlich noch zu klein. Und vor May hatten sie höchstwahrscheinlich Angst. Bei ihr hätten sie ja abblitzen können! Aber vor mir hatte keiner Angst. Mich fanden sie höchstwahrscheinlich so still und harmlos wie eine Mottenkugel.

Nach Tommy Salami war ich allerdings nicht mehr so zutraulich, und als dann Roger Pole, der arme Kerl, daherkam, reagierte ich echt biestig. Als er mir eine Tüte Popcorn anbot, kriegte ich einen richtigen Anfall und schrie: »Nimm dein blödes Popcorn und erstick dran!«

*

Nachdem mir Jake die Kronenkorken geschenkt hatte, war ich einfach nur traurig. Noch am selben Abend ging ich sie durch. Es waren fast hundert. Jake hatte ein paar ganz seltene Limo-Deckel aufgetrieben, die es heute gar nicht mehr gab. Ganz viele der Deckel hatte ich noch gar nie gesehen. Alle waren sauber, und er musste die Flaschen wirklich sehr geschickt aufgemacht haben, weil keiner der Deckel verbogen war. Ich packte sie alle zu den anderen Kronenkorken in meinem Schrank.

Ich hatte viele verschiedene Sammlungen: Glückssteine (klein und glatt und weiß); Zinniensamen; Schlüsselanhänger; Knöpfe; Buntstifte; Schlüssel; Schnürsenkel (alle zu einer langen Schnur aneinander geknüpft); Flaschen; Lesezeichen; Postkarten – und eben Kronenkorken.

May sagte, es sei ein Beweis für meinen Geiz, dass ich so viel aufhob. Aber für mich fühlte es sich nicht an wie Geiz. Ich fand eher, dass ich die Sachen beschützte. Ich ließ nicht zu, dass ihnen etwas passierte. Ich verhinderte, dass jemand sie wegwarf.

Meine Sammlungen hatte ich in verschiedenen Schachteln in dem Schrank untergebracht, den ich mit Bonnie teilte. May bezeichnete unseren Schrank als »Schweinestall«, weil darin ein wahnsinniges Chaos herrschte, während der Schrank von May und Gretchen, der am anderen Ende des Zimmers stand, so ordentlich war, dass man sich gar nicht vorstellen konnte, dass jemand ihn benutzte.

An dem Abend, nachdem ich meine neuen Kronenkorken weggepackt hatte und wir vier Mädchen im Bett lagen, hörte ich, wie May und Gretchen sich flüsternd unterhielten. Bonnie schlief schon tief, während ich nur so tat, als würde ich schlafen.

»Findest du, dass Jake gut aussieht?«, fragte May.

»Er hat 'ne klasse Frisur«, meinte Gretchen.

»Und tolle Muskeln.«

»Hmmm.«

Dann schwiegen sie eine Weile, und ich dachte schon, sie seien eingeschlafen, aber dann sagte May: »Ich finde, Zinny muss endlich aufhören, Sachen zu sammeln.«

»Warum?«

»Das ist so … so kindisch, meinst du nicht?«

»Ich sammle grüne Sachen«, sagte Gretchen.

»Das ist was anderes. Das ist nicht kindisch. Aber Kronenkorken – das ist doch echt blöd!«

Sie lachten beide.

Pech gehabt, dachte ich. Ihr Gerede stachelte mich nur an, noch konsequenter zu sammeln. Aber dann wurde ich in der dunklen Stille den Gedanken nicht los, ob sie nicht doch Recht haben könnten. War ich kindisch? Solche Fragen können einen ziemlich lange wach halten.

Zurück in die Schublade

Ich dachte, ich sei schuld an Tante Jessies Tod, und zwar aus folgendem Grund:

Am Tag, bevor sie starb, war ich oben in den Bergen und arbeitete an meinem Pfad. Ich dachte über Tante Jessie nach, weil sich der Jahrestag von Roses Tod näherte, und um diese Jahreszeit war Tante Jessie immer ganz still, ganz stumm, als würde sie erstarren und sich für eine Weile in eine Art Schwebezustand begeben, um diesen Jahrestag überstehen zu können, ohne in tausend Stücke zu zerfallen.

Ein kalter Wind blies den Pfad herauf und trieb schwere Wolken vor sich her. Es fing an zu hageln. Ich verkroch mich unter einer Tanne neben meinem Pfad und schaute zu, wie die immer größer werdenden Hagelkörner vom Himmel herunter prasselten, auf den Boden knallten und in alle Richtungen spritzten. Um mich herum bedeckte eine dicke Schicht Tannennadeln den Boden, und ich rührte mit meinem Spaten ein bisschen darin herum.

Als ich auf etwas Hartes stieß, fegte ich die Nadeln beiseite und entdeckte eine flache Schieferplatte, ähnlich wie die, mit denen mein Pfad ausgelegt war. Komisch, dass hier so eine Platte lag, mehr als fünf Meter von dem Pfad entfernt! Ich suchte noch ein bisschen weiter, aber es war nur diese eine Platte da.

Unten an der Steinplatte klebten Lehmklumpen und ein Regenwurm. Als ich an der Stelle, wo die Platte gelegen hatte, zu graben begann, stieß ich gleich mit dem Spaten auf etwas. Es war ein

kleiner Lederbeutel, der mit einer Schnur zugebunden war. Darin befand sich eine goldene Münze.
Was für ein Fund! Plötzlich war ich *Zinny Taylor: berühmte Archäologin*, im Alleingang verantwortlich für die größte Entdeckung des Jahrhunderts. Bei näherem Hinsehen sah das goldene Ding nicht mehr aus wie eine Münze, sondern eher wie ein Medaillon. Auf der einen Seite waren die Umrisse eines Frauenkopfes zu sehen, auf der anderen die eines Mannes, und dazu waren die Buchstaben BWUW eingraviert.
Ich hatte das komische Gefühl, als hätte ich dieses Medaillon schon einmal angefasst. Es war ganz seltsam: Das runde Ding in meiner Hand erinnerte mich an etwas, an irgendetwas – aber woran? War ich schon einmal hier gewesen, vor langer Zeit, vielleicht in einem anderen Leben? Hatte ich dieses Medaillon schon einmal in der Hand gehabt? Hatte ich gesehen, wie jemand es vergrub? Das Gefühl war mir sehr unangenehm, also stopfte ich das Medaillon schnell wieder in den Beutel, den Beutel stopfte ich in meine Tasche, und als es aufhörte zu hageln, machte ich mich wieder an die Arbeit.
Aber ich konnte mich nicht mehr richtig konzentrieren. Ich überlegte dauernd, was die Buchstaben BWUW bedeuten könnten. Waren es die Initialen eines Menschen, zum Beispiel Brian William Ulysses Webber? Oder waren es vielleicht die Initialen von zwei Personen, zum Beispiel Brian William und Ulla Webber? Oder standen die Buchstaben vielleicht für etwas ganz anderes, wie zum Beispiel *Bleibe weise und warte*?
Als die nächste dunkle Wolkenwand aufzog, rannte ich schnell nach Hause. Unterwegs sah ich eine harmlose kleine Grasschlange, die sich über den Pfad ringelte, und ganz spontan hob ich sie auf. *Zinny Taylor: berühmte Biologin*, sammelt seltene Tierarten. In der Scheune entdeckte ich hinter ein paar Ölkanistern eine alte Kaffeedose voller Nägel, kippte die Nägel heraus,

stopfte die Schlange hinein und stach ein paar Löcher in den Deckel.
Tante Jessie erschien im Eingang. »Ich hab mir schon Sorgen um dich gemacht. Wo hast du gesteckt?«, sagte sie. Sie stand ganz steif da, die Arme an die Seiten gepresst.
»Schau mal ...« Ich zog den Lederbeutel heraus und gab ihn Tante Jessie. »Den hab ich droben unter einem Stein gefunden, ganz nah bei meinem Pfad.«
Sie öffnete den Beutel und nahm das Medaillon in die Hand.
»Und schau mal, was ich noch gefunden habe ...«
Warum habe ich das gemacht? Ich wusste doch, dass sie Angst vor Schlangen hatte. Ich wusste es ganz genau, und trotzdem hielt ich ihr die kleine Schlange unter die Nase. Vielleicht war ich so stolz auf diese Schlange. Sie war winzig und sah völlig harmlos aus, überhaupt nicht wie eine richtige Schlange. Aber vielleicht – vielleicht wollte ich Tante Jessie ja auch ein bisschen quälen, ihr Angst einjagen, damit sie nicht mehr so steif da stand, sondern wieder wie die *andere* Tante Jessie wurde. Sie schaute von dem Medaillon in ihrer Hand zu der Schlange in meiner, trat einen Schritt zurück und wimmerte leise. Dann ließ sie den Lederbeutel fallen und wankte mit unsicheren Schritten zurück zum Eingang. In dem Moment erschien Onkel Nate.
Am Abend zog Tante Jessie die unterste Schublade aus der Kommode und stellte sie mitten ins Zimmer. Sie legte die Schublade mit ihrem Hochzeits-Quilt aus und kletterte hinein. Sie musste sich ziemlich zusammenkrümmen, denn sie war ein bisschen groß für die Schublade. Onkel Nate saß auf der Bettkante und flehte seinen Rotvogel an, doch wieder aus der Schublade herauszukommen, aber es war, als könnte sie ihn gar nicht hören – als hätte sie ihre Reise schon angetreten.
Ich wusste, was die Schublade bedeutete, und hatte himmelschreiende Angst. »Bitte«, flehte ich Tante Jessie an, »Bitte ...«

Aber sie murmelte dauernd etwas von der *Hand Gottes* und nannte mich *kleine Rose, kleine Rose.* Dann kam meine Mutter und brachte mich zurück in unseren Teil des Hauses.
Mitten in der Nacht, so erzählte mein Vater, richtete sich Tante Jessie senkrecht auf und rief: »Ich hoffe, ich bekomme jetzt gleich ein Wunder zu sehen!« und dann legte sie sich wieder zurück, schloss die Augen und war tot.

Die Mission

Alle litten unheimlich unter Tante Jessies Tod, aber am meisten litten Onkel Nate und ich, glaube ich. Ich durfte Tante Jessie am nächsten Tag sehen. Sie lag nicht mehr in der Schublade, sondern auf ihrem Bett. Onkel Nate kniete neben ihr und murmelte immer wieder: »Rotvögelchen, Rotvögelchen.« Ich wollte aufs Bett springen und sie hochziehen, aber sie lag so reglos da, genau wie Rose, und ihre Hände sahen aus wie die Hände von Rose, und das machte mich ganz verrückt. Ich musste weg, nur weg, nach draußen, ins Freie, wo es Luft zum Atmen gab.

Später an dem Tag saß ich allein in meinem Zimmer (*Zinny Taylor: Todesbotin*). Da kam Onkel Nate herein, in der Hand einen Stock.

»Wo ist sie?«, fragte er.

»Wo ist wer?«

»Diese elende Kreatur ...« Er stocherte mit seinem Stock im Zimmer herum, vor allem unter meinem Bett und unter der Kommode.

»Im Schrank«, sagte ich.

»Her damit.«

Ich holte die Kaffeedose aus dem Schrank.

»Mach sie auf«, sagte er. »So, und jetzt pack das Vieh am Schwanz und lass es durch die Luft knallen.« Er machte die entsprechende Handbewegung.

Ich folgte seinen Anweisungen, packte die Schlange am Schwanz und ließ sie durch die Luft schnappen. Ein knallendes Geräusch, dann hing die Schlange schlaff herunter. Ich ließ sie fallen, sie blieb auf dem Boden liegen und rührte sich nicht. »Was hab ich getan?«

»Sie getötet«, sagte er. Dann schlug er mit seinem Stock auf die tote Schlange ein, immer wieder, immer wieder. Er war völlig außer sich. So hatte ich ihn noch nie gesehen. Normalerweise war er der ruhigste, sanfteste Mann, den man sich vorstellen kann.

Niemand wusste von der Schlange, außer mir und Onkel Nate. Ich konnte keinem davon erzählen. Niemand durfte erfahren, dass ich Tante Jessie umgebracht hatte. Der Arzt machte ihren Diabetes verantwortlich; er sagte, die Zuckerwerte seien astronomisch hoch gewesen. Aber das wollte ich nicht glauben. Wie konnte etwas so Gutes wie Zucker einen Menschen töten?

Wochenlang redete ich so gut wie mit niemandem. Die andern schwirrten um mich herum wie Fliegen um einen Honigtopf, weil sie wussten, wie wichtig mir Tante Jessie gewesen war, aber diese Art der Aufmerksamkeit machte mich nur noch elender. Ich wurde immer wieder daran erinnert, was ich getan hatte und dass ich *Zinnia Taylor: die Mörderin* war. Ich hatte furchtbare, furchtbare Alpträume, in denen mich irgendwelche Leute durch hohe, starre Bäume jagten, und je weiter ich rannte, desto enger wurden die Zwischenräume zwischen den Bäumen, bis ich mich richtig zwischendurch quetschen musste. Ich hatte Angst, ich könnte stecken bleiben und mich gar nicht mehr bewegen. Und dann würden die Schlangen kommen und über mich herfallen.

Zu Hause hockte ich immer stumm in einer Ecke und versuchte mich unsichtbar zu machen, damit niemand mich beachtete. Aber gleichzeitig sehnte ich mich inständig danach, *dass* jemand mich beachtete.

Und Onkel Nate? In gewisser Weise schien er unverändert: Er werkelte im Haus und im Garten herum, saß auf der Veranda, redete mit uns Kindern mit der gleichen ruhigen Stimme wie immer. Und manchmal redete er sogar mit mir, genau wie früher. »Schau mal, Schneckchen – sieh dir diesen Stein hier an, den hab ich gefunden«, sagte er zum Beispiel.

Aber manchmal schaute er mich an und schien gar nicht zu wissen, wer ich war, und manchmal nannte er mich Rose, und sobald er den Namen ausgesprochen hatte, unterbrach er sich und drehte sich um und starrte mich dann an, als würde jemand neben mir stehen – Rose? Tante Jessie? Außerdem hatte er oft Anfälle von schlechter Laune und schien sich über die ganze Welt zu ärgern. Und er veranstaltete diese Verfolgungsjagden, bei denen er wie ein Wilder durch die Gegend raste, um sein Rotvögelchen einzufangen.

Und meine Eltern? Sie hatten schrecklich viel zu tun und waren ständig beschäftigt, wie immer – man hätte fast denken können, sie würden gar nicht um Tante Jessie trauern. Meine Mutter war schon immer ziemlich unkonzentriert gewesen – sie band zum Beispiel Sam die Schuhe und sammelte gleichzeitig irgendwelche verdreckten Klamotten ein und stellte eine Einkaufsliste zusammen und schrie Will an, er solle vom Dach runterkommen. Aber jetzt war sie völlig durcheinander, als hätte jemand sie immer wieder im Kreis herumgewirbelt und dann losgelassen, sodass sie ganz wackelig durchs Haus wankte.

Sie stellte die Milch in den Backofen und den Zucker in den Kühlschrank. In der ersten Woche verlor sie jeden Tag ihre Autoschlüssel. Und sie ging jeden Tag mindestens einmal hinüber in Onkel Nates Wohnung, wenn er nicht da war, um dort aufzuräumen, und dann kam sie mit rot verquollenen Augen zurück, und wir wussten alle, dass sie wegen Tante Jessie geweint hatte. Manchmal ging sie hinaus zu Tante Jessies kahlem Blumenbeet und stand nur einfach da und starrte auf die nackte Erde.

Eine Weile wirkte auch mein Vater so hilflos wie eine Schildkröte, die auf dem Rücken liegt. Er fing an, viel im Garten zu graben. Das tat er sonst nicht, aber in den ersten Wochen nach Tante Jessies Tod konnte man ihn dauernd draußen sehen, mit seiner Schaufel und seiner Hacke, wie er in der Erde herumscharrte und grub. Beim Abendessen wandte er sich oft ganz automatisch zu dem Platz, an dem Tante Jessie gesessen hatte und sagte: »Jess –« und dann ertappte er sich und lief feuerrot an und versuchte es zu überspielen, indem er von etwas ganz anderem redete, und wir starrten alle auf unsere Teller und taten so, als hätten wir nichts gemerkt.

Meine Geschwister? Na ja, Gretchen und May flüsterten an den ersten Tagen nach Tante Jessies Tod ziemlich viel miteinander, aber ich habe keine Ahnung, was sie sagten. Will lag wie ein gestrandeter Wal im Haus herum und redete überhaupt nicht von Tante Jessie. Einmal hörte ich, wie er zu Ben sagte: »Dieses Gesterbe kann ich überhaupt nicht leiden!« Das war das einzige Mal, dass ich mitkriegte, dass er sich irgendwie auf Tante Jessies Tod bezog, und dann mit diesen Worten!

Sam, der Jüngste, war wie besessen von allem, was mit Begräbnissen zu tun hatte. Er wollte wissen, wo der Sarg herkam und woraus er hergestellt wurde und ob er wasserdicht war und warum die Leute Blumen schickten und ob viele Leute lebendig begraben wurden und warum der Sarg in der Erde versenkt wurde – warum konnte man ihn nicht einfach in der Scheune aufstellen? Und so weiter und so fort, bis ihm schließlich alle aus dem Weg gingen, weil sie nicht dauernd über solche Fragen nachdenken wollten.

Eigentlich schien Ben am gelassensten, und zuerst dachte ich schon, der Tod von Tante Jessie würde ihm gar nicht viel ausmachen. Später merkte ich, dass er seine eigene Art hatte, damit fertig zu werden.

Und als Jake Boone zurückkam, waren wir gerade dabei, aus der

Betäubung zu erwachen, wie schläfrige Bären nach einem langen, kalten Winter.

*

Ein paar Tage nach Tante Jessies Beerdigung war ich oben auf dem Pfad. Um nicht an Tante Jessie denken zu müssen, versuchte ich, mir die Leute vorzustellen, die vor vielen, vielen Jahren diesen Pfad entlang geritten waren. In dem Moment schoss mir plötzlich eine Idee durch den Kopf, wie eine Feuerwerksexplosion: Ich würde den ganzen Pfad räumen und dann die Strecke per Pferd zurücklegen.

Dabei gab es ein paar Probleme, die ich damals noch nicht so recht bedachte: Es ist ein hartes Stück Arbeit, einen dreißig Kilometer langen Pfad zu räumen, und außerdem hatte ich gar kein Pferd, auf dem ich den Pfad entlang reiten konnte, selbst wenn ich es schaffen sollte, ihn begehbar zu machen. Aber immerhin konnte ich reiten. Das hatte ich auf Sal Hiddles Farm gelernt, wo sie und ich ganze Tage damit verbracht hatten, auf ihrem Pferd Willow durch die Wälder zu streifen. Leider war Willow verkauft worden, als die Hiddles nach Ohio zogen.

Je mehr ich über meinen Plan nachdachte, desto wichtiger wurde er. Der Plan sauste durch meinen Kopf wie ein Hund durch ein Erbsenbeet. Ich wollte nicht nur den Pfad freilegen, sondern auch die ganze Strecke entlang Zinnien pflanzen, und dann würde das Ganze Zinnien-Bybanks-Chocton-Pfad heißen, und jeder, der die Zinnien sah, würde an mich denken, an Zinny, und alle würden maßlos staunen, dass ich so was geschafft hatte! Aber es würde trotzdem *mein* Pfad bleiben, und die Leute müssten mich um Erlaubnis bitten, wenn sie ihn benutzen wollten.

Damals dachte ich, die Idee sei mir einfach so gekommen, aus heiterem Himmel, und ich ahnte nicht, dass sie so wichtig werden würde. Mir war nicht klar, dass ich vor irgendetwas davonlief oder hinter etwas her jagte. Ich kam auch nicht auf den Gedanken, dass das Vorhaben egoistisch sein könnte. Was die Zinnien betraf und dass ich den Pfad nach mir benennen wollte – na ja, ich wollte vermutlich für irgendetwas Anerkennung finden und nicht nur als *die komischste und knauserigste Wühlmaus* gelten, als *plattgequetschter Pfannkuchen.* Wahrscheinlich wollte ich erreichen, dass die Leute endlich wussten, *welche* von den Taylors ich war, und ich wollte vor allem eins nicht mehr sein: *Zinnia Taylor: die Mörderin.*

Aber das war mir damals alles noch nicht bewusst. Ich wusste nur, dass ich diese Mission auf mich nehmen musste. Ich hatte keine andere Wahl. Und ich musste mich beeilen, um vor dem Ende des Sommers damit fertig zu werden, denn in meinem ängstlichen Kopf dachte ich, wenn ich bis dahin nicht fertig war, würde etwas ganz Schlimmes passieren. Ich wusste nicht, was – aber auf jeden Fall würde es die Strafe dafür sein, dass ich Tante Jessie umgebracht hatte. Ich dachte, dass Gott mir eine Chance gegeben hatte – eine *einzige* Chance –, um alles wieder gutzumachen.

Wenn sich so eine Idee in meinem Kopf einnistet, dann wuchert sie wie Unkraut am Flussufer.

Und ich hätte mir auch keine Sorgen machen müssen, dass meine Geschwister mir den Pfad wegnehmen würden. Nachdem sie ein paar Tage lang bei den Räumarbeiten mitgemacht hatten, verloren sie das Interesse, und der Pfad gehörte wieder mir allein.

Geschenke

Am Sonntag, einen Tag, nachdem Jake mir die Kronenkorken geschenkt hatte, war ich draußen bei den Beeten, als Jake schon wieder auftauchte. Er sagte, er wolle nur kurz vorbeischauen. In der Hand hatte er eine kleine Schachtel mit Löchern. »Hier«, sagte er und hielt mir die Schachtel unter die Nase.

Der Inhalt meines Magens wirbelte durcheinander, wie Socken im Wäschetrockner. Ein Geschenk, ein Geschenk von *Jake.* Aber sofort schoss mir durch den Sinn: *Es geht wieder los, wieder so ein Tommy Salami, der mich mit Geschenken besticht, um an May ranzukommen. Aber ich lasse mich nicht einseifen.*

»Mach die Schachtel auf«, drängte er. »Es ist was für dich. Ein Thermometer.«

Ich hob den Deckel an und schloss ihn gleich wieder. »Sehr witzig«, sagte ich und gab ihm die Schachtel zurück. »Sieht eher aus wie 'ne Grille, finde ich.« Warum machte er ein Gesicht, als wäre es ihm ganz wichtig? Warum gab er sich überhaupt solche Mühe, wenn sich May doch sowieso schon auf den Kopf stellte, um seine Aufmerksamkeit auf sich zu lenken?

»Welches von den Fenstern gehört zu deinem Zimmer?«, fragte er.

Zögernd ließ ich mich auf das Spiel ein und tat so, als wüsste ich nicht schon längst, worauf er hinaus wollte. »Das da, da oben. Ich schlafe im selben Zimmer wie Bonnie und Gretchen und … May.«

»Wo steht dein Bett?«

»Da – bei dem Fenster. May schläft bei dem anderen Fenster.«
Er reagierte gar nicht auf ihren Namen. *Hör schon auf!* hätte ich ihn am liebsten angeschrien. *Hör auf mit dem Theater!*
»Perfekt!«, sagte er und ging mit mir zu der Eiche neben unserem Haus, deren Zweige bis an unser Fenster reichen. »Siehst du den Baum?« Er klappte die Schachtel auf und lehnte sie an den Baumstamm. Die Grille sprang heraus und auf die Baumrinde. Jake schien sehr zufrieden mit sich. »Hast du einen Wecker neben deinem Bett?«, fragte er. »Einen mit Sekundenzeiger?«
»Ja.«
»Also, pass auf – heute Abend musst du auf die Grille horchen und genau mitzählen, wie oft sie in einer Minute zirpt. Die Zahl musst du durch vier teilen, dann neun abziehen, und dann hast du die Temperatur. Ist das nicht klasse?!«
May erschien, als Jake gerade mit dem Truck den Kiesweg hinunterfuhr. »War das Jake? Wohin fährt er?«
»Keine Ahnung.«
»Was wollte er? Was hat er gesagt?«
»Ach, alles Mögliche. Nichts Besonderes.«
»Hat er nach mir gefragt?«, wollte sie wissen.
Gretchen kam auch heraus. »War das Jake? Was wollte er?« May nahm sie am Arm und zog sie ins Haus, wobei sie ihr dauernd ins Ohr flüsterte. Ich konnte nicht verstehen, was May wisperte, aber Gretchen sagte: »Er ist wahrscheinlich nur zu schüchtern. Bestimmt wollte er wissen, wo du bist, aber dann war's ihm peinlich, das ist alles. Ich wette, er kommt bald wieder.«
Ein paar Minuten später kam Bonnie aus dem Haus: »May ist sauer auf dich! Rat mal warum.« Als ich nicht antwortete, sagte sie: »May findet, du hättest ihr sagen sollen, dass Jake hier ist. Sie hat gesagt, dein Gehirn ist kleiner als das von 'nem Floh.«
Onkel Nate rannte stockfuchtelnd vorbei. »Bleib stehen!«, schrie er. »Warte doch!«

»Wo rennst du hin?«, rief Bonnie.
»Hinter meinem Rotvögelchen her – sie ist so schnell!«
»Meinst du, er sieht sie wirklich?«, fragte Bonnie.
»Vielleicht …«
»Siehst du sie auch manchmal?«
»Vor meinem inneren Auge irgendwie …«, gab ich zu.
»Aber hier draußen – siehst du Tante Jessie da, so wie Onkel Nate sie sieht?«
Ich hätte die Frage gern bejaht. Wenn er sie sehen konnte, warum konnte ich es nicht? »Nein. Du?«
»Nein, ich seh sie nicht, aber Ben«, sagte sie. »Ben sagt, er hat Tante Jessie seit ihrer Beerdigung schon zweimal gesehen. Meinst du, er sieht sie richtig? Oder bildet er sich das nur ein?«
Später sah ich Ben, der vor seinem Beet saß und den Kopf hin und her wiegte. »Wachsen sie gerade?«, fragte er. »Findest du nicht, dass die dritte Pflanze ziemlich schief ist?«
»Alles total okay, Ben. Die müssen nicht *ganz* gerade sein.«
»Doch.« Ben hatte beschlossen, in seinem Beet nur Bohnen anzupflanzen, und er war ziemlich pedantisch, was die Reihen anging. Er wollte, dass alles gerade war, und er passte genau auf, dass sich nirgends auch nur ein Blättchen Unkraut einschlich. Zwei- oder dreimal am Tag schaute er nach, und wenn er feststellte, dass irgendwo ein kleines Gräschen sprießte, schrie er sofort los: »Wo kommst du denn her? Hau sofort ab!«
Als Ben noch ein ganzes Stück jünger war, hatte er einmal zu Tante Jessie gesagt: »Ich will auch noch andere Pflanzen wachsen lassen. Die, die lachen.«
»Welche meinst du?«, hatte Tante Jessie gefragt.
»Kichererbsen.«
Tante Jessie erklärte ihm, dass die Bezeichnung nichts mit »Kichern« zu tun habe. Ben hörte aufmerksam zu und sagte dann:

»Aber vielleicht kann ich sie ja trotzdem zum Kichern bringen, wenn ich sie jeden Tag angrinse.«

*

Ben fragte mich, ob ich zu meinem Pfad gehe.

»Ja«, sagte ich. »Aber sag's keinem.«

»Der ist jetzt bestimmt schon ziemlich lang«, sagte er. »Was machst du denn, wenn er mal zehn Kilometer lang ist oder so? Dann musst du ganz weit laufen, bevor du überhaupt mit dem Räumen anfangen kannst, und dann musst du wieder zehn Kilometer zurücklaufen. Und was machst du erst, wenn's mal fünfzehn Kilometer sind? Oder sechzehn?«

»Ich schaff das schon«, sagte ich. Eigentlich hatte ich mir über dieses Problem noch keine Gedanken gemacht, und es wäre mir lieber gewesen, wenn Ben es nicht angesprochen hätte, weil ich jetzt natürlich den ganzen Tag darüber nachdenken musste.

Ben sagte: »Vielleicht begegnest du da oben in den Bergen ja Onkel Nate. Er besucht nämlich seine Freundin.«

»Tut er nicht.«

»Tut er doch. Er hat es selbst gesagt – ›Ich glaube, ich besuche jetzt meinen Schatz.‹«

»Das war doch ein Witz.«

»Glaub ich nicht.«

»Ben, hast du in letzter Zeit Tante Jessie gesehen?«

»Ja.«

»Wo? Was hat sie getan?«

Er bohrte den Finger in die Erde. »Bei der Scheune. Sie ist einfach nur so rumgelaufen.«

»Hat sie dich gesehen? Hat sie was gesagt?«

»Nein.«

»Vielleicht hast du dir's nur eingebildet«, sagte ich.

»Ich hab mir gar nichts eingebildet.« Es schien ihn nicht weiter zu stören. In seinem neunjährigen Kopf fand er es offenbar völlig normal, dass er seine tote Tante auf der Farm herumspazieren sah.

Ich ging hinauf zu meinem Pfad, und während ich das Unkraut ausrupfte, überlegte ich mir, ob es wirklich möglich war, einen Menschen zu sehen, der gestorben war, und ich war richtig eifersüchtig, weil Onkel Nate und Ben sie gesehen hatten und ich nicht. Vielleicht hatte ich nicht genug aufgepasst. Wenn ich sie sehen könnte – oh! Es lief mir kalt den Rücken hinunter, wenn ich nur daran dachte! Ihr Gesicht, ihr komischer Gang – erst langsam, dann schnell, langsam, dann wieder schnell – oh!

*

Als ich mich auf dem Heimweg der Scheune näherte, kam Ben mir entgegen, und wir sahen, dass Jakes Truck gerade wegfuhr.

»Schon wieder?«, staunte Ben. »War er heute nicht schon mal da?«

May, Gretchen, Bonnie, Will und Sam hatten sich um einen Karton versammelt – einen großen diesmal, mindestens dreißig Zentimeter hoch.

»Was ist das, was ist das, was ist das?«, rief Ben.

May warf mir einen bösen Blick zu.

»Rate mal!«, sagte Bonnie. »Es ist von Jake.«

In dem Karton saß auf ein bisschen Heu eine fast zwanzig Zentimeter große Schildkröte. Der Panzer war hoch gewölbt und schwarz, mit acht orange roten Flecken. Der Kopf war nirgends zu sehen.

»Ist die überhaupt lebendig?«, fragte Ben.

»Ja, Jake hat gesagt, sie lebt«, sagte Gretchen. »Und er hat gesagt, sie heißt Jim und kann das Wetter vorhersagen. Wenn Jim den Kopf einzieht, wird das Wetter gut. Wenn er den Kopf rausstreckt und herumläuft, dann fängt es bald an zu regnen.«

»Das kapier ich nicht«, sagte Ben. »Eigentlich wär's doch besser, wenn er den Kopf herausstrecken würde, wenn das Wetter schön ist. Und ihn einziehen, wenn's regnet.«
»Ich wiederhole doch bloß, was Jake gesagt hat«, erklärte Gretchen.
Genau in dem Moment streckte die Schildkröte den Kopf heraus, und sofort fiel ein Regentropfen auf den Panzer.
»Kann ich Jim mal nehmen?«, fragte Ben und holte die Schildkröte aus dem Karton.
Aber Bonnie sagte: »Tu ihn wieder zurück. Er ist für Zinny.«
»Warum ist er für Zinny?«
»Weil Jake es gesagt hat.«
»Aber warum gerade für Zinny?«
May verdrehte die Augen. »Wahrscheinlich weil sie diese blöden, kindischen Sachen sammelt. Er bringt jetzt jeden Mist hierher, den er irgendwo findet, und schenkt ihn Zinny, um ihn loszuwerden. Das ist doch echt peinlich!«

*

In dieser Nacht zirpte die Baumgrille hundertzwölfmal in einer Minute. Ich teilte die Zahl durch vier und zog neun ab, das Ergebnis war neunzehn. Dann stand ich auf, ging hinunter in die Küche und überprüfte das Thermometer außen am Fenster. Es zeigte neunzehn Grad an.
Ich schaute zum Fenster hinaus auf die Eiche. Dahinter waren dunkle Schatten. War Tante Jessie irgendwo da draußen? Wenn ich mich richtig konzentrierte und lange genug schaute, konnte ich sie dann vielleicht sehen?

Die Vögel, die Rose und die Schildkröte

Jeden Abend hatten Tante Jessie und Onkel Nate in der Verandaschaukel gesessen und langsam hin und her geschaukelt, hin und her, hin und her, den Blick auf die Esche und den Rosengarten gerichtet und auf den Fluss in der Ferne. Am Fluss entlang verliefen die Bahngleise, und um sechs Uhr zog das wehmütige Pfeifen des Zuges durchs Tal.

Manchmal hatte ich mich zu ihnen auf die Schaukel gesetzt. An einem Abend kam, kurz nachdem der Zug vorbeigefahren war, ein scharlachroter männlicher Kardinalvogel angeflogen und nahm auf der Esche Platz. Dort blieb er ein paar Minuten sitzen, schaute sich um, als würde er auf jemanden warten, und stürzte sich dann in das Futterhäuschen, das an einem der Zweige hing. Er schnappte sich ein Samenkorn, klopfte damit gegen die Sitzstange, um es zu knacken, und pickte dann mit dem Schnabel das weiche Innenleben heraus. Körner, die ihm nicht behagten, warf er mit einer schnellen Kopfbewegung auf die Erde.

»Wo ist denn seine Freundin?«, fragte Onkel Nate. »Er ist so mutterseelenallein. Armer Kerl!«

Nachdem Tante Jessie gestorben war, saß Onkel Nate allein in der Schaukel. Eines Abends hörte ich von meinem Fenster aus den Zug leise pfeifen, dann immer lauter, bis das Pfeifen wieder in der Ferne verklang. Ich sah etwas Rotes vorbeiflattern – das Kardinalmännchen setzte sich wieder auf den Baum. Ein paar Minuten saß es da und schaute sich um. Und dann – da – da war sie, setzte

sich flügelschlagend zu ihm – ein hellbraunes Weibchen mit roten Streifen am Kopf und auf den Flügeln.
Das Männchen flog zum Vogelhäuschen, holte ein paar Körner und flog zurück zu dem gemeinsamen Zweig, knackte eins der Körner, pickte das Innere heraus und reichte es dem Weibchen.
Onkel Nate hörte auf zu schaukeln. Er beugte sich vor, um die Szene besser beobachten zu können. »Du Glückspilz«, murmelte er. »Du alter Glückspilz.«
Beim Klang seiner Stimme flog das Weibchen auf und flüchtete über den Garten in ein Birkenwäldchen. Das Männchen wartete in der Esche, bis das Weibchen fast außer Sichtweite war, dann flog es ganz nah an der Veranda vorbei, auf der Onkel Nate saß, und schwang sich in die Luft, um seiner Freundin zu folgen.
»Du alter Glückspilz«, sagte Onkel Nate noch einmal.

*

Hinter der Esche war ein Rosengarten: zwanzig Rosenstöcke, die Onkel Nate in dem Jahr, als die kleine Rose gestorben war, gepflanzt hatte. Tante Jessie hatte diese Rosen geliebt. Von ihrem Schlafzimmerfenster aus konnte sie die Blumen sehen, und in jenem Sommer ging sie oft mit mir durch die Büsche und zählte die Blüten.
Als im November der erste Frost kam, wurde Tante Jessie ganz unruhig. Besorgt schaute sie aus dem Fenster auf die paar Blüten, die immer noch da waren, starr und frostig. »Bald sind sie alle tot«, sagte sie. Mir lief es kalt über den Rücken.
Von da an war sie jedes Jahr überglücklich, wenn im Frühling die erste Rosenknospe zu sehen war, und wieder ganz trübsinnig, wenn der Winter kam, als könnte sie nicht glauben, dass bald wieder Frühling wurde – oder als hätte sie es vergessen.
Ein paar Jahre, nachdem Onkel Nate die Rosen gepflanzt hatte,

war ich mit meiner Familie samstags in einem Laden in Chocton. Jedes von uns Kindern hatte einen Dollar bekommen. Die Jungen studierten das Süßwarenangebot, May und Gretchen waren bei den Schminksachen und Bonnie und ich wanderten herum und wussten nicht so recht, was wir wollten. Da sah ich etwas: Das war genau das Richtige! Eine rote Plastikrose an einem steifen grünen Stiel. Ich kaufte sie sofort und bewahrte sie bis Oktober in meinem Schrank auf. Dann schlich ich mich heimlich in den Rosengarten und band die Plastikrose an einen Zweig.

Als Tante Jessie anfing, sich wegen des Frosts und der sterbenden Blumen zu quälen, sagte ich jeden Morgen zu ihr: »Es sind doch immer noch ein paar da!« und schließlich: »Aber eine ist doch noch da!« Das schien sie nicht zu trösten, und sie sagte nur: »Die ist auch bald tot.«

Im Dezember, nachdem es schon zweimal geschneit hatte, konnte sie nicht mehr ignorieren, dass immer noch eine Rose im Garten blühte. Bei einem unserer Spaziergänge strebte sie in Richtung Rosengarten. »Ich möchte mir diese Rose mal ansehen«, sagte sie. Ich wollte sie davon abbringen, aber sie blieb hartnäckig. Sie ging zu dem Busch mit der Rose und fasste sie an.

»Was?«, rief sie und zupfte daran. »Was …?« Sie riss die Rose ab – und nie in meinem Leben werde ich ihr Gesicht vergessen: diese Enttäuschung, diese Wut! Sie warf die Rose auf den Boden. »Sie ist unecht! Wer macht denn so was? Das ist ja so gemein, so hinterhältig!«

Man muss mir mein schlechtes Gewissen angesehen haben.

»Du?!«, fragte sie entsetzt. »Du warst das? Wie kannst du nur!«

Ich rannte zur Scheune, beschämt und völlig durcheinander.

Später entschuldigte sie sich bei mir. Sie wisse, dass ich ihr nicht wehtun wollte, sagte sie, ich hätte bestimmt gedacht, es würde sie freuen. Sie wisse selbst nicht, warum sie so reagiert habe. »Ich wollte unbedingt, dass diese Rose lebendig ist!«, sagte sie.

Später brachte sie die rote Plastikrose wieder in den Garten, und von da an blühte sie das ganze Jahr und verblasste immer mehr, bis sie fast weiß war, aber sie war immer noch da. Als Tante Jessie starb, kaufte Onkel Nate noch eine Plastikrose und band sie auch an einen Rosenstock.

*

Eines Tages, schon bald nach Jakes Besuch, sah ich Onkel Nate auf der Veranda sitzen. Ich hörte, wie er sagte: »Na, wem gehörst du denn, du süßes kleines Baby? Wo ist deine Mama? Passt denn keiner auf dich auf, mein kleines Schätzchen?«

Er redete mit Jim, der Schildkröte. Jim saß mitten auf der Veranda und rührte sich nicht.

»Das ist doch Jim, unsere Schildkröte, Onkel Nate!«, sagte ich.

Er beugte sich vor und sah sich das Tier genauer an. »Ich hab's gewusst«, sagte er. »Aber wo ist die andere?«

»Welche andere?«

»Tu doch nicht so!«, schimpfte er. »Dieser Schildkröterich ist doch mutterseelenallein! Er braucht eine Freundin. Richte bitte Jake aus, ich hätte das gesagt.«

Zwei Tage später war Jim verschwunden, und Ben geriet richtig in Panik. »Die Schachtel ist leer! Jemand hat Jim gestohlen!« Er schaute überall nach, unter allen Büschen und Bäumen, unter der Veranda, als würde er denken, Jim hätte plötzlich Flügel gekriegt und wäre aus der Schachtel geflogen.

Ich war zu Ben unter die Veranda gekrochen, um ihn irgendwie herauszulocken, als Onkel Nate mit seinem Stock von oben auf die Bretter klopfte. »Was sucht ihr denn da unten?«

Ich krabbelte heraus. »Jim! Ben denkt, er ist vielleicht –«

»Quatsch! Der alte Schildkröterich ist nicht da unten.«

Ben kam auch wieder angekrochen und wischte sich den Dreck vom Hemd. »Aber es könnte doch sein, dass er sich da irgendwo versteckt hat und –«

»Hör mal zu, du kleiner Frosch«, sagte Onkel Nate. »Er hat sich nirgends versteckt. Er ist drunten beim Fluss und sucht …«

»Was sucht er?«, unterbrach ihn Ben.

Onkel Nate klopfte wieder mit dem Stock auf den Boden. »Er sucht seinen Schatz, damit du's weißt!«

Ben zwang mich, mit ihm zum Fluss hinunterzugehen, um nachzusehen, ob Jim tatsächlich dort war. Wir suchten das ganze Ufer ab, konnten ihn aber nicht finden.

»Woher weiß Onkel Nate überhaupt, dass Jim hier ist?«, fragte Ben.

»Vielleicht hat er ihn selbst hierher gebracht.«

Auf dem Heimweg fing ich eine Grille. Ich nahm sie mit und setzte sie an dem Baum vor meinem Schlafzimmerfenster ab. Die Grille, die Jake mir geschenkt hatte, konnte ich nirgends entdecken, aber ich ging davon aus, dass sie irgendwo sein musste, denn schließlich hörte ich sie jeden Abend.

Mom rief von einem der oberen Fenster: »Bonnie? Zinny? Bist du das, Zinny? Hast du Onkel Nate irgendwo gesehen?«

»Ja, vorhin. Da saß er auf der Veranda.«

»Schau doch bitte mal nach, was er macht.«

Onkel Nate war nicht mehr auf der Veranda und auch nicht bei der Scheune. Dad jätete gerade das Tomatenfeld. »Hast du Onkel Nate gesehen?«, fragte ich ihn.

»Schon 'ne ganze Weile nicht mehr.« Er schaute sich um. »Warte mal – ich glaube, da kommt er –«

Onkel Nate kam den Abhang heruntergerannt, fuchtelte mit dem Stock in der Luft herum und rief der unsichtbaren Tante Jessie zu: »Warte doch! Warte doch!«

»Könntet ihr hinter ihm herlaufen?«, sagte Dad zu mir. »Und passt bitte auf, dass er sich nicht wehtut.«

Jetzt rannte Onkel Nate an der Scheune vorbei, zu den Kinderbeeten, ums Haus herum und dann umkreiste er zweimal die Esche. Ben und ich holten ihn ein, als er den Kiesweg hinunterrannte.

»Kommt mit!«, rief er. »Ihr müsst mir helfen, sie zu fangen!«

Wir rannten hinter ihm her. Onkel Nate hatte einen komischen Watschelgang, konnte aber ganz schön schnell rennen. Plötzlich ging er vom Weg ab und schlug sich in die Büsche, wo er sich aber schnell ziemlich verhedderte. Er schlug um sich und schrie: »Diese verflixten Zweige!« Mit dem Stock drosch er auf den Busch ein. »Jetzt ist sie wieder abgehauen.«

Ich flüsterte Ben zu: »Hast du sie gesehen?«

Er nickte mit weit aufgerissenen Augen. »Ja, klar. Du nicht?«

Nein, ich hatte sie nicht gesehen. Warum konnte ich sie denn nicht sehen?

Auf dem Weg zurück ins Haus hörte ich hinter uns einen Truck knirschend über den Kies fahren, und als wir zur Seite gingen, sahen wir, dass es Jake war. »Hey!«, rief er. »Steigt ein, ich fahre euch bis zum Haus.«

»Nein, danke!« sagte Onkel Nate. »Ich muss noch was erledigen.«

»Zinny? Ben?«, sagte Jake.

»Wir müssen auf ihn aufpassen«, rief ich, während ich Onkel Nate mit den Augen folgte. Er ging wieder zu der Esche.

Jake stellte den Motor ab. »Ich hab dir was mitgebracht, Zinny.«

»Warum?«

»Weil ich wollte.« Er reichte mir eine kleine braune Papiertüte.

Onkel Nate rannte wieder los. »Ich muss hinter ihm her!«, sagte ich.

»Zinny! Zinny!!«, rief Jake mir nach. »Vergiss nicht, die Tüte aufzumachen. Hoffentlich gefallen sie dir …« Er fuhr vor bis zum Haus, wendete und fuhr wieder zurück.

Ben stand am Wegrand und rief laut: »Nächstes Mal musst du *mir* was mitbringen!«
»Zinny!«, rief May von der Haustür. »War das Jake?«

Bingo

Vier glatte weiße Glückssteine befanden sich in der Tüte, die Jake mir gegeben hatte. Ich steckte einen Stein in die Tasche und verstaute die Übrigen oben in meinem Schrank. Kronenkorken, eine Grille, eine Schildkröte und Glückssteine. Das klingt alles harmlos, und es waren ja auch völlig harmlose Geschenke – aber das sollte sich ändern.

Am nächsten Tag brachte Jake mir einen jungen Beagle. Und einem Welpen kann keiner widerstehen.

»Gefällt er dir?«, fragte Jake.

Ich streichelte den Kleinen. »Klar gefällt er mir«, sagte ich, und gab ihm den Hund zurück. »Ich kann ihn aber leider nicht annehmen.«

»Was? Natürlich kannst du ihn annehmen. Er gehört dir!«

»Warum? Warum soll er ausgerechnet mir gehören? Warum nicht den andern?«

Jake schaute auf seine Füße. »Ich weiß, ich bin älter als du, Zinny –«

»Du bist drei Jahre älter als ich!«, sagte ich.

»Ich weiß, aber – ich will, dass der Hund dir gehört, das ist alles.« Er vergrub die Hände in den Taschen. »Du bist wirklich 'ne harte Nuss, Zinny Taylor. Gar nicht so leicht zu knacken.« Mit diesen Worten sprang er von der Veranda und eilte zu seinem Truck.

»Nimm das zurück!«, rief ich. Ich weiß nicht, ob ich das Hundebaby meinte oder den Satz, dass ich nicht leicht zu knacken sei. Vielleicht beides. Man sollte annehmen, dass der Hund mich überzeugt hatte und ich endlich glaubte, dass Jake *mich* mochte und nicht May. Aber ich war nicht überzeugt! Tommy Salami hatte mir auch immer wieder etwas geschenkt, ziemlich lange. Die andern ebenfalls. Jungs konnte man nicht trauen, egal, wie nett sie waren, egal, was für tolle Geschenke sie einem machten, egal, was sie sagten. Von dieser Erkenntnis war ich nicht mehr abzubringen. Ich wusste genau, was ich von Jake Boone und seinen Absichten zu halten hatte, und niemand konnte mich vom Gegenteil überzeugen.

*

May wäre fast explodiert. »Warum hat er dir einen Hund geschenkt? Was denkst du dir eigentlich, Zinny? Bist du von allen guten Geistern verlassen? Du hast nicht das geringste Fünkchen Verstand. Außer Bohnenstroh hast du nichts im Kopf!« Sie riss alle ihre Haarbänder aus der Kommode und warf sie auf den Boden. Wahrscheinlich kriegte sie gleich einen Tobsuchtsanfall.

»Ich weiß gar nicht, warum du dich so aufführst«, sagte ich. »Ich hab Jake doch nicht gebeten, mir die ganzen Sachen zu schenken …«

May sammelte die Bänder wieder ein. »Wer hat was über Jake gesagt?«

»Du – oder etwa nicht?«

»Ich hab doch nicht von Jake geredet!« Sie schleuderte die Bänder wieder auf den Boden und blickte sich hektisch im Zimmer um. Ich dachte schon, gleich würden alle Sicherungen bei ihr durchbrennen. »Sieh dir doch bloß dein Bett an! Warum kannst du nicht mal dein Bett ordentlich machen, wie normale Leute?«

*

Beim Abendessen redeten alle nur über das Hundebaby, das in einer Ecke der Küche zusammengerollt auf einer alten Wolldecke lag. Immer wieder sprang jemand auf, um nachzusehen, ob alles in Ordnung war. Seit zwei Jahren hatten wir keinen Hund mehr gehabt. Unser Letzter war von einem Lastwagen überfahren worden, und seither hatten wir keinen mehr. Dad meinte, er hätte nichts dagegen, wenn wieder ein Hund im Haus wäre – aber wer würde ihn versorgen? Ben, Will, Sam, Gretchen und Bonnie riefen sofort begeistert, sie würden sich um den Hund kümmern.

»Und was ist mit dir, Zinny?«, fragte Dad. »So weit ich weiß, gehört der Hund dir.«

May sagte: »Ich finde, wir brauchen keinen Hund. Der kaut nur an allem rum. Und dann macht er alles kaputt. Und zerbeißt mir meine ganzen Sachen!«

»Gut«, erklärte ich. »Ich geb ihn zurück.«

»Nein, nein, nein!« Meine Brüder waren empört. Sie rissen sich richtig darum, die Verantwortung für das Hundebaby übernehmen zu dürfen.

Als meine Schwestern abends eingeschlafen waren, schlich ich mich hinunter in die Küche und rettete das Hundebaby aus seiner einsamen Ecke. Ich nahm es mit ins Bett, streichelte es, bis es eingeschlafen war, und gab ihm auch einen Namen: Bingo. Der Name erinnerte mich an Tante Jessie: wenn sie sich gebückt hatte, um ihre *Wunder* aufzuheben, hatte sie immer: »Bingo!« gerufen.

*

Zwei Tage später war ich in Mrs Flints Laden und fragte, ob es irgendwelche Sonderangebote gebe.

»Was soll das heißen – Sonderangebote?«, fragte sie zurück.

»Ach, Sie wissen doch – Sachen, die billiger sind als sonst – oder eine kostenlose Tüte Kekse –«

»Na, das ist doch die Höhe!«, rief sie empört. »Eine kostenlose

Packung Kekse! Ich versuche hier meinen Lebensunterhalt zu verdienen. Welche von den Taylors bist du?«

»Zinny.«

»Ich verdiene hier mit dem Laden meinen Lebensunterhalt, Zinny. Eine kostenlose Packung Kekse! Sonst noch irgendwelche guten Vorschläge?«

Als ich aus dem Laden ging, sah ich am Anschlagbrett einen Zettel:

ENTLAUFEN:
2 MONATE ALTER BEAGLE. HÖRT AUF DEN NAMEN GOBBLER. BITTE MELDEN UNTER DER NUMMER 266–3554. FRAGEN SIE NACH BILL BUTLER, HIDDLE FARM, MORLEY ROAD, GLEICH HINTER DER METHODISTENKIRCHE.

Als ich heimkam, schlief der kleine Hund auf der Wolldecke in der Küche. »Gobbler!«, rief ich leise. »Gobbler …« Er stellte die Ohren hoch, klappte die Augen auf und kam zu mir gehoppelt.

Gobbler

Es war Mitte Mai, die Tage wurden länger, aber ich hatte trotzdem weniger Zeit, um an meinem Pfad zu arbeiten. Es wurde immer schwieriger, nach der Schule an die entsprechende Stelle zu kommen, weil der geräumte Teil schon fast drei Kilometer lang war, und wenn ich dort angekommen war, wo ich aufgehört hatte, musste ich schon fast wieder umkehren und zum Abendessen heimgehen. Ich konnte es kaum erwarten bis zu den großen Ferien. Dann konnte ich endlich zügig weiterarbeiten. Ich geriet regelrecht in Panik, weil ich Angst hatte, ich könnte nicht rechtzeitig fertig werden. Dann war ich für immer verloren.
Die Tomatensetzlinge hatten sich auf dem Feld und in unseren kleinen Beeten gut entwickelt. Ich hatte zerbröckelte Eierschalen um meine Pflanzen herumgestreut. Mit dieser Methode hatte Tante Jessie immer die Schnecken fern gehalten. Als die Blattläuse kamen, kochte ich Tante Jessies Geheimbräu: zerquetschte Ringelblumen, Zigaretten (man konnte hinter der Scheune immer ein paar Kippen finden, weil Onkel Nate dort heimlich rauchte) und Zwiebelschalen. Das wurde zu einer stinkenden Brühe verkocht und auf die Pflanzen gespritzt.
Ich hatte Jim zweimal am Fluss gesehen, und er war nicht allein gewesen. Offenbar hatte er eine Freundin gefunden, und die beiden sonnten sich oft auf einem alten Baumstamm. Einmal begegneten Ben und ich unten am Fluss Onkel Nate, der nach Würmern grub. »Willst du angeln gehen?«, fragte Ben.
»Wer weiß.«

Später sahen wir Jim und seine Freundin, die auf ihrem Baumstamm saßen und ein Festmahl aus frischen Würmern verspeisten.

Dad erzählte mir einmal, jemand habe May eine Schildkröte geschenkt, als sie noch ein ganz kleines Mädchen war. Nach ein paar Wochen habe sie keine Lust mehr gehabt, sich um das Tier zu kümmern, also sei Tante Jessie für sie eingesprungen, weil sie die Schildkröte ins Herz geschlossen hatte und hingebungsvoll mit Himbeeren und Würmern fütterte. Als der Winter kam und die Schildkröte zu fressen aufhörte, packte Tante Jessie sie in einen Karton, den sie in ihren Schrank stellte. Im Frühling holte sie ihn wieder heraus.

»Hat die Schildkröte noch gelebt?«, fragte ich.

»Aber natürlich! Sie war putzmunter.«

»Und was ist dann passiert?«

»Tante Jessie fand, dass die arme Schildkröte so einsam war, und hat sie zum Fluss hinuntergebracht.«

»Sie hat sie dort bestimmt besucht, oder?«

»Fast jeden Tag. Und sie hat ihr immer Himbeeren und Würmer mitgebracht.«

*

Die Grille hatte sich in dem Baum vor meinem Fenster häuslich eingerichtet, und fast jeden Abend teilte sie mir die Temperatur mit. Und das Hundebaby … tja, das Hundebaby war weg.

An dem Tag, nachdem ich den Zettel bei Mrs Flint am Anschlagbrett gesehen hatte, gingen Bingo und ich spazieren. Als wir nach Bybanks kamen, war Bingos Fell voll mit Dornen und Laub, an seinen Pfoten klebte der Matsch, und seine Schnauze war ganz geschwollen, weil ihn eine Biene gestochen hatte. Als ich Jakes Truck vor Mrs Flints Laden stehen sah, machten wir einen Umweg über die Felder, über den Bach und dann zurück zur Straße. Inzwischen musste ich Bingo tragen, weil er völlig erschöpft war. Er schlief in meinen Armen, als wir an der Methodistenkirche vorbei und die Morley Road hinaufgingen.

Ich war so oft auf der Hiddle Farm gewesen, als Sal dort gewohnt hatte, dass ich mich auch mit verbundenen Augen dort zurechtgefunden hätte. Die neuen Mieter, die Butlers, hatte ich erst einmal gesehen. Bill Butler, der mit meinem Dad auf dem Flughafen arbeitete, war ein netter Mann, und ich würde sagen, die meisten Leute konnten ihn und seine Frau gut leiden, aber seine Mutter – die alte Mrs Butler, wie sie allgemein genannt wurde – war völlig verrückt.

Die alte Mrs Butler dachte nämlich, sie sei sechs Jahre alt. Sie trug ein blaues Band im Haar, dazu einen gelben Sonnenhut aus Stoff, der ihr viel zu klein war und wie ein zerknittertes Taschentuch auf ihrem Kopf klebte. Ihre Haare hingen in dünnen Rattenschwänzen den Rücken hinunter. Mein Dad und ich hatten einmal beobachtet, wie sie hinter der Tankstelle in einer großen Pfütze spielte. Wir hatten sie dann nach Hause gebracht, und das war mein einziger Besuch auf der Hiddle Farm gewesen, seit Sal weggezogen war.

Als ich nun die Morley Road entlang ging, wurde mir plötzlich ganz anders. Ich wollte den Hund doch gar nicht zurückbringen! Er lag so kuschelig warm in meinen Armen und hatte seine Schnauze in meinen Ärmel gebohrt. Er erinnerte mich unheimlich an den Hund, den Sal früher gehabt hatte, Moody Blue. Ich setzte mich unter einen Ahornbaum und dachte nach.

Vielleicht war Bingo ja gar nicht der entlaufene Beagle. Vielleicht hieß er überhaupt nicht Gobbler – obwohl er jedes Mal begeistert reagierte, wenn ich ihn mit diesem Namen rief. Na, egal – auf jeden Fall musste ich herausfinden, ob Bingo Gobbler war oder nicht, also ging ich die Straße zur Hiddle Farm weiter, und die

ganze Zeit erwartete ich irgendwie, Sal würde mir entgegengerannt kommen.
Die alte Mrs Butler saß auf der Seitenveranda und putzte Bohnen. Sie hatte den zerdrückten gelben Sonnenhut auf und die blaue Schleife in den Haaren. Zu ihren Füßen lag ein erwachsener Beagle, der aufsprang, als er mich kommen sah, und warnend knurrte. Bingo wachte sofort auf, befreite sich aus meinen Armen und plumpste mir vor die Füße. Er schnupperte kurz, knurrte als Antwort und sauste davon.
Die beiden Hunde begrüßten sich im Garten. Die ältere Hündin schnupperte beschützend an Bingo, und Bingo sprang hoch und rieb seine Schnauze an ihr. Die alte Mrs Butler klatschte in die Hände, begann zu kreischen, griff sich einen Besen und ging auf mich zu. »Sch, sch!«, machte sie und fuchtelte mit dem Besen herum. Aber sie meinte nicht die Hunde, sondern mich. »Weg hier. Sch! Verschwinde …!!«
Plötzlich stieß sie ein schrilles Kichern aus. Richtig unheimlich. So etwas hatte ich noch nie gehört! Es klang wie das Gewieher eines übergeschnappten Pferdes. »Gobbler, Gobbler, mein kleiner Gobbler!«, rief sie. Bingo rannte auf sie zu und sprang an ihren Beinen hoch und kratzte an ihren dicken Strümpfen, die sie bis zu den Knöcheln hinuntergerollt hatte.
Ich wollte ihr erklären, wer ich war, aber sie drohte mir immer nur mit ihrem Besen. Also beschloss ich, dass es vermutlich besser war, wenn sie gar nicht wusste, wer ich war, und sagte nur, ich hätte gehört, dass ihnen ein Hundebaby entlaufen sei, und das habe plötzlich bei uns vor der Haustür gestanden. Ganz gelogen war das nicht. Ich hatte nur nicht erwähnt, wie es dorthin gekommen war und wer es gebracht hatte.
»Sch! Sch! Weg hier –«
»Aber gehört das Hundebaby überhaupt Ihnen?«, fragte ich. »Ist es das Baby, das Sie verloren haben?« Eigentlich war die

Frage überflüssig, weil man an Bingos Verhalten genau sehen konnte, dass er heimgekommen war und sich wahnsinnig freute.

»Verloren?«, rief die alte Mrs Butler. »Verschwinde sofort! Sch, sch – du Diebin!« Sie jagte mich den Fußweg hinunter, und selbst als ich schon die Straße entlang rannte, hörte ich immer noch ihr hässliches, wieherndes Gekicher.

*

Zu Hause war Ben völlig aufgelöst. »Zinny, wo ist Bingo? Hast du ihn gesehen? Er ist weg!«

Ich hätte ihm am liebsten die Wahrheit gesagt, ehrlich – aber ich wollte nicht, dass Jake in Schwierigkeiten kam. Wenn er den Hund gestohlen hatte – und es sah sehr danach aus, als hätte er das getan –, dann wollte ich nicht, dass jemand das erfuhr. Ich war mir nicht ganz sicher, ob ich Jake beschützen oder mir selbst den Ärger ersparen wollte. »Ich war mit Bingo spazieren«, sagte ich.

Will packte mich am Arm. »Und wo ist er?«

»Er hat sich losgerissen …«

Die beiden schrien aufgeregt: »Dann müssen wir ihn sofort suchen! Wo hat er sich losgerissen?« Sie wollten sich augenblicklich auf den Weg machen, und ich sollte ihnen zeigen, wo Bingo abgehauen war.

Ich ging mit ihnen den Kiesweg hinunter und führte sie dann in die entgegengesetzte Richtung. Nach etwa hundert Metern blieb ich stehen. »Da ist er ins Gebüsch gerannt – ich hab schon gesucht. Ich habe echt überall gesucht …« Es war ein grauenhaftes Gefühl, so lügen zu müssen. Ich war wütend, weil ich in dieser Zwickmühle steckte. Aber noch wütender war ich auf Jake, weil er mir den Hund überhaupt geschenkt hatte. Wir suchten eine halbe Ewigkeit, aber selbstverständlich war nirgends eine Spur von Bingo, und wir zuckelten wieder nach Hause, ein enttäuschtes, trauriges Trio.

*

Ich wollte unbedingt wieder an meinem Pfad arbeiten, aber zu Hause herrschte das Chaos. Beim Abendessen heulten und jammerten alle nur, weil Bingo verschwunden war – Bonnie, Gretchen, Will, Sam und Ben. Sie machten mich ganz verrückt. Dad sagte: »Zinny? Du sagst ja gar nichts! Dabei ist Bingo doch dein Hund. Macht es dir überhaupt nichts aus, dass er weg ist?«

Ben sagte: »Magst du ihn denn gar nicht mehr, Zinny?«

»Doch, natürlich mag ich ihn. Klar bin ich traurig.« Ich versuchte, es zu zeigen. Ich machte ein unglückliches Gesicht, schniefte und schaute so verloren drein wie ein halbtoter Maulesel. Aber im Grunde erwartete ich, dass mich gleich der Blitz erschlagen würde, weil ich immer weiter log. Ich wäre so gern mit der Wahrheit herausgeplatzt, aber ich konnte einfach nicht.

»Na, verflixt und zugenäht!«, rief Onkel Nate. »Dann mal los, geh und such den Hund! Du kannst doch nicht hier rumsitzen und Däumchen drehen!«

Dad schlug vor, ich solle in Mrs Flints Laden einen Zettel aufhängen, und Bonnie meinte: »Vielleicht wär's am besten, wenn du Jake anrufst …«

»Wozu das denn?«, sagte ich, und mein Herz wummerte wie wild.

»Er könnte uns doch helfen«, sagte Bonnie. »Das macht er bestimmt.«

»Ich will nicht, dass jemand Jake etwas sagt. Noch nicht, okay?« sagte ich.

»Warum nicht?«

Mom meinte: »Er soll wahrscheinlich nicht erfahren, dass sie sein Geschenk verloren hat. Stimmt's, Zinny?«

»Stimmt«, sagte ich. Ich hatte nur noch einen Wunsch: Ich wollte mich unter der Veranda verkriechen und mindestens ein Jahr lang dort bleiben. Oder noch lieber zwei Jahre.
Den ganzen Abend löcherten sie mich mit irgendwelchen Fragen. Hatte ich den Zettel schon geschrieben? Wollte ich, dass mir jemand dabei half? Plötzlich sagte Bonnie: »Moment mal! Wenn Zinny in Mrs Flints Laden einen Zettel aufhängt, dann sieht ihn Jake, weil er dort arbeitet, und Zinny will doch nicht, dass Jake etwas erfährt …«
Am liebsten hätte ich sie geküsst vor Dankbarkeit. Aber ich musste so tun, als wäre das ein echtes Problem. »Was soll ich denn jetzt machen?«, jaulte ich. »Ich kann keinen Zettel bei Mrs Flint aufhängen. So ein Mist! So ein Mist!!« Ich war unglaublich erleichtert, aber ich war richtig verblüfft, wie leicht es mir fiel, das Gegenteil vorzuspielen. *Ich, Zinny Taylor: Profi-Lügnerin.*
Meine Erleichterung hielt nicht lange an, weil sich ziemlich bald alle einig waren, ich müsse Jake informieren. Das sei ich ihm schuldig, fanden sie. Bestimmt habe er Verständnis, sagten sie. Gretchen war am beharrlichsten. »So wird's gemacht – morgen hängst du den Zettel auf, und dann gehst du zu Jake und sagst ihm alles. Er will uns bestimmt helfen, Bingo zu suchen.«
Rasch fasste ich einen Entschluss. Ich wollte einen Zettel schreiben und so tun, als würde ich damit zu Mrs Flints Laden gehen. »Hier!«, sagte ich und kritzelte etwas auf ein Stück Papier. »Wie findet ihr das?«

EINTLAUFEN:
BEAGLE-BABY. HÖRT AUF DEN NAMEN BINGO. BITTE BEI Z. TAYLOR MELDEN!

»Du hast vergessen, die Telefonnummer drauf zu schreiben«, sagte Gretchen. »Und die Adresse! Komm, ich mach's.« Sie setzte sich an den Computer und verbrachte eine volle Stunde damit, einen Zettel zu entwerfen, der meiner Meinung nach viel zu auffallend war. »Da!«, sagte sie. »Das ist doch schon viel, viel besser!«

Wie im Fundbüro

Der nächste Tag war ein Samstag, und gleich nach dem Frühstück machte ich mich auf die Socken. »Ich gehe in den Laden und hänge den Zettel auf«, rief ich.

»Zinny! Warte!«, schrie Bonnie. »Mom braucht Milch. Sie hat mir das Geld gegeben –«

»Okay. Ich kann Milch mitbringen.«

»Ich komme mit«, erklärte Bonnie.

Mir blieb fast die Luft weg. »Ich kann das doch machen.«

»Ich weiß, dass du das machen kannst, Zinny. Sei doch nicht so komisch! Ich will einfach mitkommen, das ist alles.«

Mein Gehirn arbeitete auf Hochtouren, während Bonnie weiterplapperte: »Vielleicht erschnuppert sich Bingo ja gerade den Weg nach Hause. Hunde können so was nämlich, weißt du. Ich hab mal von einer Familie gehört, die haben ihren Hund weggegeben, weil sie umgezogen sind, von einer Küste zur anderen, also das sind dreitausend Kilometer, und weißt du, was der Hund gemacht hat, Zinny?«

Ich konnte es mir natürlich denken, aber ich hatte keine Lust, mich auf solche Ratespielchen einzulassen.

»Der Hund ist der Familie quer durchs Land gefolgt. Dreitausend Kilometer! Ist das nicht irre? Wie hat er das bloß geschafft? Ich wette, am Auto war der Familiengeruch dran, und der Hund hat immer geschnuppert. Bingo muss wenigstens nicht so weit laufen. Vielleicht hat er ja schon genug geschnuppert und kommt gleich nach Hause. Was meinst du, Zinny?«

Ich war froh, als ich sah, dass Jakes Wagen nicht vor Mrs Flints Laden stand. »Bonnie, geh du doch bitte und hol die Milch, ich hänge solange den Zettel hier auf. Ich will nämlich möglichst schnell zurück«, sagte ich.
»Und welche bist du?«, wollte Mrs Flint von Bonnie wissen.
»Ich bin Bonnie. Und das da ist Zinny. Sie will einen Zettel ans Anschlagbrett hängen. Ist das okay? Muss man dafür was bezahlen?«
»Nein, das kostet nichts«, sagte Mrs Flint.
Ich heftete den Zettel so an das Brett, dass er halb von einem anderen Anschlag verdeckt war.
»Möchten Sie gern wissen, warum wir einen Zettel aufhängen?« sagte Bonnie zu Mrs Flint. »Zinny ist furchtbar traurig. Ihr Hund ist nämlich weggelaufen.«
Ich hätte sie am liebsten erwürgt.
»Ach, wie schade«, sagte Mrs Flint.
»Es ist ein kleiner Beagle, und er heißt Bingo –«
»Ein Beagle? Du gute Güte, zur Zeit verlieren anscheinend alle ihre Beagles!«
Ich packte Bonnie am Arm. »Bitte, Bonnie –«
»Okay, okay, okay! Ich komm ja schon. Du brauchst mich nicht zu kneifen. Lass mal sehen, wo du den Zettel aufgehängt hast. Zinny! So ist er ja ganz verdeckt!« Sie nahm den Zettel ab und hängte ihn in die Mitte, wo jeder ihn sehen konnte. »So – schon viel besser!«
»Auf Wiedersehen, ihr zwei!«, rief Mrs Flint. »Hoffentlich findet ihr euren Hund!«
Als wir gerade an der Schule vorbeikamen, überholte uns Bill Butler mit dem Auto. Er hupte und winkte uns zu. Ich drehte mich um und sah, dass er vor Mrs Flints Laden hielt. *Bitte, bitte, bitte!* betete ich. *Mach, dass er den Zettel nicht sieht!*
»Bonnie! Ich hab was vergessen. Geh doch schon mal vor, ich hol

dich wieder ein.« Ich raste zurück zum Laden und stürzte mich auf das Anschlagbrett.
Bill Butler stand an der Kasse und unterhielt sich mit Mrs Flint. Als ich hereinkam, drehte sie sich zu mir um. »Hallo! Welche bist du?«
»Zinny«, murmelte ich und nahm schnell den Zettel ab.
»Was machst du mit dem Zettel?«, erkundigte sich Mrs Flint.
»Ich nehme ihn ab«, erklärte ich. »Wir haben gefunden, was wir gesucht haben.«
»So schnell?«, sagte Mrs Flint erstaunt. »Da hast du aber Glück gehabt. Und Sie haben Ihren Beagle auch wiedergefunden, Bill, wenn ich Sie richtig verstanden habe?«
»Auch?«, sagte er.
»Die Taylors haben nämlich auch einen Beagle verloren, stimmt's, Zinny?«
Ich tat so, als hätte ich nichts gehört, und war schon halb zur Tür draußen, da kam Bonnie wieder hereingestürmt. »Ich hätte fast vergessen, dass Mom gesagt hat, sie braucht auch noch Butter!«
Ich befestigte den Zettel schnell wieder am Anschlagbrett, während Bonnie sich auf die Suche nach der Butter machte. *Bitte*, betete ich, *bitte, mach, dass Mrs Flint und Bill Butler Bonnie nichts von dem wiedergefundenen Hund erzählen!* Dieses Gebet wurde erhört, denn als Bonnie an die Kasse kam, war Mrs Flint damit beschäftigt, Bill von ihrer Gallenblase zu erzählen. Sie unterbrach sich nur kurz, als Bonnie ging. »Wiedersehen, Bonnie. Ich freu mich sehr für dich …«
»Ich auch«, fügte Bill Butler hinzu.
Draußen fragte Bonnie: »Warum freuen sie sich für mich?«
»Wahrscheinlich haben sie dich verwechselt.«
»Vielleicht haben sie ja erfahren, dass ich den Vorlesewettbewerb gewonnen habe«, sagte Bonnie.

»Kann schon sein …«
»Irgendjemand muss es ihnen erzählt haben! Oder wie können sie es sonst wissen?«
Ich hörte ihr nicht mehr zu. Während des ganzen Heimwegs konnte ich nur an den Zettel denken, der jetzt am Anschlagbrett hing. Was war, wenn Mrs Flint ihn bemerkte – sie hatte doch mitgekriegt, wie ich ihn heruntergenommen hatte! Und sie dachte ja auch, der Hund sei wieder aufgetaucht. Was war, wenn Bill Butler ihn entdeckte? Oder Jake?

*

Ich fühlte mich so mies, dass ich gar nicht richtig denken konnte, also ging ich hinauf zu meinem Pfad. Acht Stunden lang rupfte ich wie besessen Unkraut und scharrte Steine frei. Ich arbeitete mich durch Nesseln und Dornen und wühlte im Boden wie ein wildgewordener Dachs. Zweimal regnete es, und ich wurde nass bis auf die Haut, aber ich ließ mich nicht aufhalten.
Ich fand ein Büschel Pilze und verschlang einen nach dem andern, in der Hoffnung, dass sie vielleicht giftig waren und meine Strafe schnell und schrecklich sein würde. Wahrscheinlich würde mir schwindelig werden, dann würde es mich würgen, ich würde mich übergeben, einen Schüttelfrost kriegen und schließlich tot auf dem Pfad liegen bleiben. Meine Familie würde nach mir suchen, und wenn sie mich tot hier fanden, wären sie alle hell entsetzt. Sie würden sich fragen, ob ich vielleicht ermordet wurde. Sie würden meine Leiche den Berg hinuntertragen und mich waschen und mir ein weißes Kleid kaufen und mich in einen mit Damast ausgeschlagenen Sarg legen, umgeben von roten Zinnien. Hoffentlich würden sie mich nicht in die Schublade packen!
In der Kirche würde eine schöne Trauerfeier abgehalten, und dann würde man mich auf den Friedhof tragen. Jake wäre auch

dabei und würde laut schluchzen. Er würde sagen: »Das ist alles meine Schuld! Das ist alles meine Schuld!« Dann würde er den andern erzählen, dass er Bingo gestohlen hatte und ich ihn nicht verraten wollte. Alle würden sagen: »Was war unsre Zinny doch für ein guter, edler Mensch!«
Die Pilze schmeckten ziemlich lecker, und ich starb nicht. Also musste ich wohl zurück in Mrs Flints Laden und den Zettel wieder abhängen.

*

Zu spät, zu spät.
Ich humpelte den Weg hinunter und kam gerade um die Biegung, von der aus ich unser Haus sehen konnte, als Jakes Truck wegfuhr. Ich liess mich ins Gras plumpsen. *Bitte, lass mich jetzt tot umfallen*, betete ich, *je schneller, desto besser.*
»Zinny, Zinny!«, rief Bonnie. »Rat mal, wer hier war, und rat mal, was er gebracht hat.«
»Du wirst es mir sicher gleich verraten –«
»Jake! Jake war hier, und weißt du, was er mitgebracht hat? Er hat Bingo zurückgebracht! Ich hab's doch gewusst, dass er uns hilft. Er hat den Zettel im Laden gesehen, und dann ist er losgegangen und hat Bingo gesucht. Und er hat ihn gefunden! Das ist doch echt ein Wunder, oder? Bingo lief gerade die Straße entlang. Kannst du dir das vorstellen? Ich wette, er hat den Weg nach Hause geschnuppert, glaubst du nicht auch, Zinny? Was ist denn los mit dir, freust du dich gar nicht?«

*

»Zinny, du musst dich beeilen, sonst kommst du noch zu spät in die Schule!«
Ich bewegte mich wie in Zeitlupe und wartete, bis alle anderen in die Schule gegangen waren und Mom Onkel Nate sein Frühstück

brachte. Dann nahm ich meine Bücher, schnappte mir Bingo und machte mich auf den Weg. Ich würde zwar viel zu spät in die Schule kommen, aber darüber konnte ich mir jetzt keine Gedanken machen.
Ich ging zu Mrs Flints Laden und band Bingo außen fest. Mrs Flint war ganz verdutzt, als sie mich sah. »Musst du denn nicht in die Schule?«, fragte sie.
»Ich hab mich ein bisschen verspätet«, sagte ich und riss meinen Zettel vom Anschlagbrett.
»Ich dachte, du hättest den Zettel schon abgenommen.«
»Ich hatte zwei angebracht. Und den zweiten hatte ich vergessen.«
»Es ist wirklich komisch – Mr Butler war auch gerade hier. Sein Beagle ist wieder weggelaufen. Hier – er hat wieder 'nen neuen Zettel aufgehängt.«
Und tatsächlich hing da wieder ein Zettel:

ENTLAUFEN:
2 MONATE ALTER BEAGLE. HÖRT AUF DEN NAMEN GOBBLER. BITTE MELDEN UNTER DER NUMMER 266–3554. FRAGEN SIE NACH BILL BUTLER, HIDDLE FARM, MORLEY ROAD, GLEICH HINTER DER METHODISTENKIRCHE.

Als Mrs Flint wegschaute, nahm ich diesen Zettel ebenfalls ab.
Auf der Hiddle Farm wurde ich wieder von der alten Mrs Butler und ihrem Besen begrüßt. Bingo-Gobbler jaulte, und die Beagle-Mama jaulte auch, als sie auf uns zu gerannt kam. Dazu erklang Mrs Butlers grausiges Gewieher, gefolgt von den Schreien: »Gobbler, Gobbler, Gobbler!«
Ich setzte Bingo ab, und schneller als der Blitz war ich wieder verschwunden. Als ich an der Highschool vorbeirannte, auf die May

und Gretchen gingen – und Jake natürlich auch –, war ich schon ganz außer Puste. Ich blieb stehen, riss ein Blatt aus meinem Mathematikheft und schrieb etwas darauf. Dann ging ich hinein und gab den Zettel der Sekretärin. »Du bist bestimmt eine Taylor«, sagte sie. »Wie heißt du denn?«
Ich log. »Bonnie. Könnten Sie das bitte Jake Boone geben? Es ist sehr wichtig – von seiner Mutter.«
Ich sauste weiter zu meiner Schule, die in der nächsten Straße lag. Hoffentlich las die Sekretärin den Zettel nicht! Ich hatte geschrieben:

WENN DU DEN HUND WIEDERBRINGST, SCHLAG ICH DIR DEN SCHÄDEL EIN.

Unterschrieben hatte ich mit »Z.T.«. Ich wollte, dass Jake wusste, mit wem er es zu tun hatte.

Boogie-Woogie

Schon bevor ich das Haus betrat, hörte ich die Musik. Es war der wilde, ausgelassene Rhythmus des Boogie-Woogie. Seit Tante Jessies Tod hatte ich ihn nicht mehr gehört. Tante Jessie und Onkel Nate hatten bei besonderen Anlässen immer ihre Lieblingsplatte aufgelegt: an ihrem Hochzeitstag und wenn einer von ihnen Geburtstag hatte. Und dann hatten sie immer flott zur Musik herumgewirbelt. Dabei waren sie sonst so ruhig und gesetzt!

Tante Jessie hatte immer ausgelassen gelacht, ihre roten Haare waren durch die Luft geflattert und das Fett an ihren Oberarmen hatte im Takt geschwabbelt. Onkel Nate hingegen hatte beim Tanzen immer ein ernstes Gesicht gemacht, als würde er an einem Wettbewerb teilnehmen und dürfte deswegen keinen Fehler machen, aber wenn die Platte zu Ende war, dann hatte er die Hände auf die Knie gelegt und auch gelacht, bis ihm Tränen über die Wangen liefen.

Die beiden hatten den Boogie-Woogie wirklich geliebt. Auch sonst hatten sie immer den Song *Boogie-Woogie Bugle Boy* zitiert. Wenn Onkel Nate aus dem Haus ging, hatte er immer *La-di-da-dah!* gerufen. Und Tante Jessie hatte dann geantwortet: *Make the company jump!* Als wollten sie alle Leute in Schwung bringen. Dauernd ging das so hin und her: *La-di-da-dah! Make the company jump!*

*

Als ich jetzt nach Hause kam, fiel mir plötzlich auf, dass Onkel Nate nie mehr *La-di-da-dah!* sagte. Und von der Musik wurde mir so traurig ums Herz, dass ich es kaum ertragen konnte.
Ich ging von unserer Küche den Flur entlang und zu Onkel Nates Zimmer. Die Tür war angelehnt. Drinnen tanzte Onkel Nate wie ein Verrückter mit einer unsichtbaren Tanzpartnerin.

Betreten verboten

Eine Woche lang tauchte Jake nicht bei uns auf. May fragte mich, ob ich ihn geärgert hätte, weil er sie an der Schule nicht beachtete. »Er sieht mich nicht mal an«, sagte sie. »Was hast du denn getan, Zinny?«

»Weniger als gar nichts«, entgegnete ich.

Alle anderen waren todunglücklich, weil Bingo wieder verschwunden war. Wir veranstalteten neue Suchaktionen, und ich wurde auch diesmal gezwungen, in Mrs Flints Laden einen Zettel aufzuhängen (den ich postwendend wieder abnahm). Bill Butler hielt mich eines Tages auf dem Schulweg an und sagte, sein kleiner Hund sei wieder da und er habe gehört, unserer sei wieder weggelaufen. Ach, es tat ihm so schrecklich Leid! Am liebsten hätte er mir seinen geschenkt, aber seine Mutter hing zu sehr an dem Kleinen.

Bonnie bestand darauf, dass Bingo sich wieder nach Hause schnuppern würde. Sicher war er schon unterwegs! Jeden Morgen und jeden Abend stand sie im Garten und rief nach ihm.

*

An einem Samstag war ich oben in den Bergen und räumte den Teil des Pfades, bevor er das erste Mal in den Wald überging, der auf den Landkarten als Maidengang bezeichnet wurde. Vor mir lag ein Tunnel aus Buchen: Oben hatte sich aus Zweigen und Blättern ein Dach gebildet, und die glatten blaugrauen Stämme sahen aus wie eine doppelte Säulenreihe, die immer tiefer in den

Wald hineinführte. Es war ein stiller, unheimlicher, kühler Ort, so dunkel wie ein Wolfsrachen.

Als ich die Bezeichnung *Maidengang* das erste Mal auf der Landkarte gelesen hatte, hatte ich mir ein weißgekleidetes junges Mädchen vorgestellt, das einen sonnenbeschienenen Weg entlangschlendert. Aber jetzt, angesichts der düsteren Wirklichkeit, sah ich eher eine unglückliche junge Frau in zerrissenen Kleidern vor mir, die erbarmungslos zu einer brutalen Opferzeremonie geschleift wurde. Ihr letzter Gang. Ich sah sie um sich schlagen und schreien, und am Ende des Tunnels erblickte ich das sabbernde Maul eines pechschwarzen Ungeheuers.

Auf allen vieren kratzte ich die Steine frei und bemühte mich, das Bild zu vertreiben. *And now the company jumps*, sang ich im Boogie-Woogie-Takt. *La-du-la-duu-*

Hatte da jemand gepfiffen? Nein. Alles war still. *La-di-da-dah-*

Ich hörte wieder das leise Pfeifen und erstarrte. Reglos wie ein Stein kauerte ich da.

Das Pfeifen kam näher. Ich verkroch mich hinter einen Baum und rollte mich hinter dem Stamm zusammen wie eine Kugel. Dann hörte das Pfeifen auf, aber jetzt kam ein anderes Geräusch – *tapp, tapp, tapp*. Es klang, als würde jemand mit einem Stock auf den Boden klopfen.

Bestimmt war es Onkel Nate, der Tante Jessie suchte. Oder vielleicht traf er sich tatsächlich mit jemandem! Hatte er doch eine Freundin hier oben? Der Gedanke war mir ganz schrecklich. Er *durfte* keine Freundin haben, das konnte einfach nicht sein!

Ich beschloss, dem Geräusch entgegenzugehen. In dem Moment erschien eine hochgewachsene Gestalt am Waldrand. Im Gegenlicht konnte ich nur einen dunklen Schatten und einen langen, krummen Stock sehen. Aber es war nicht Onkel Nate. Ich machte kehrt und rannte los, stolperte durch das Dickicht, das ich noch nicht beiseite geräumt hatte, riss an den Zweigen.

»Zinny, Zinny! Warte doch!«
Ich rannte weiter. Die Stimme kannte ich, aber den dazu gehörigen Menschen wollte ich nicht sehen.
»Zinny …« Er hatte mich eingeholt und packte mich am Arm.
»Lass sofort los, Jake Boone, oder ich –«
»Oder du schlägst mir den Schädel ein?« Er sah so ernst aus wie ein Ertrinkender.
Ich riss mich los. »Was machst du hier oben? Wie hast du überhaupt gewusst, wo ich bin?«
»Verdammt, Zinny, da ist ein Pfad, und der führt direkt zu dir –«
»Aber das ist *mein* Pfad. Verschwinde gefälligst!«
Er schaute nach unten. Auf dem Boden war alles voll mit modrigem Laub und Unkraut, denn wir waren ziemlich weit von dem geräumten Pfad entfernt.
»Das hier? Sieht nicht aus wie ein Pfad, finde ich.«
»Du weißt genau, was ich meine. Verschwinde. Das hier gehört alles mir …«
»Das gehört alles dir? Dir, Zinny Taylor –?«
»Hau ab!«
Er wurde rot und schwang den Stock hin und her und bohrte die Schuhspitze ins Laub. »Zinny, es tut mir so Leid mit dem Hund …«
»Hoffentlich! Wie kannst du nur einer alten Frau den Hund stehlen –«
»Ich hab ihn nicht richtig gestohlen. Er ist hinter mir hergelaufen – jedenfalls beim ersten Mal. Ich musste auf der Farm was abliefern. Der Hund ist hinter meinem Truck hergelaufen, da habe ich angehalten und ihn mitgenommen, und – ich weiß auch nicht – ich wollte einfach, dass du ihn hast.«
Ich stand nur da und gab mir alle Mühe, nicht zu platzen vor Wut. »Und das zweite Mal?«

Er senkte wieder den Blick. »Ich hab deinen Zettel gesehen, da bin ich wieder zur Farm gefahren und hab den Hund in meinen Truck gelockt. Ich konnte einfach nicht anders.«

»Natürlich konntest du anders!«, schimpfte ich. »Hat dir etwa jemand ein Messer an die Gurgel gehalten und gesagt: ›Nimm sofort diesen Hund mit, sonst passiert was!‹?« Ich ging wieder dorthin zurück, woher ich gekommen war.

»Du kannst echt ’nen Priester zum Fluchen bringen, Zinny! Ich mein das ganz ernst.« Er packte mich wieder am Arm. »Hat dich denn bisher noch nie jemand gern gehabt?«

»Lass mich los – natürlich haben die Leute mich gern – sie mögen mich alle – alle und noch viel mehr –« Ich war sprachlos. Was meinte er mit »bisher«?

»Nenn mal einen –«

»Bist du übergeschnappt? Ich habe jede Menge Freunde –«

»So meine ich das nicht. Ich meine, hat sich noch nie jemand um dich bemüht?«

Oh, doch, hätte ich am liebsten gesagt, *Tommy Salami und Jerry Abbott und Mickey Torke – diese ganzen verlogenen, heuchlerischen Typen.* Ich weiß nicht, was über mich kam. Mit meiner freien Hand schlug ich ihn gegen die Brust und schrie, er sei *ein blöder Wurm.* Nicht besonders geistreich, muss ich leider zugeben.

Ich glaube, darauf war er nicht gefasst gewesen. Jedenfalls holte er plötzlich eine kleine Schachtel aus seiner Tasche, drückte sie mir in die Hand und stapfte davon. Ich warf ihm die Schachtel hinterher. »Ich will die nicht! Nimm sie wieder mit …«

Er marschierte durch den Wald, bis er zur Lichtung kam. Dort bog er ab und und ging in Richtung Farm.

Ich rief ihm sämtliche Schimpfwörter nach, die ich kannte, und erfand noch ein paar neue dazu. Dann machte ich mich auf die Suche nach der Schachtel. Es wäre doch wirklich blöd, wenn ich nicht wenigstens nachsehen würde, was drin war.

Der Beweis

Kaum war ich zu Hause, da kam auch Onkel Nate ins Haus gestolpert. Seine Haare waren ganz zerzaust, und an seinem Hemd und seinen Hosen klebten Kletten und Dornen. In der einen Hand hielt er seinen Stock, in der anderen schwang er seinen Fotoapparat. »Ich hab's geschafft, ich hab's geschafft!«, schrie er.
»Was denn?«, fragte ich.
»Ich hab endlich den Beweis!« Vorsichtig legte er die Kamera auf den Tisch. »Da drin steckt er«, verkündete er und tätschelte die Kamera. »Kann nicht mehr abhauen.«
Inzwischen hatten sich alle um ihn versammelt. »Was steckt da drin?«, fragte Ben. »Was für ein Beweis?«
»Ist es ein Foto?«, wollte Bonnie wissen.
»Klar ist es ein Foto!«, meinte May. »Oder denkst du, er hat 'nen Sack Kartoffeln in seinem Fotoapparat versteckt?«
Ben legte Onkel Nate die Hand auf die Schulter. »Was meinst du mit Beweis? Was ist auf dem Bild drauf?«
Onkel Nate schaute von einem zum andern, dann flüsterte er: »Mein kleines Rotvögelchen.«
Ben fielen fast die Augen aus dem Kopf. »Tante Jessie? Du hast sie geknipst?«
Onkel Nate tätschelte wieder die Kamera. »Ich hab sie gesehen. Und ich kann's beweisen.«

Angeklagt

Ich hatte ziemlich lange nach der Schachtel gesucht, die ich Jake hinterhergeworfen hatte, und schließlich hatte ich sie in einem dichten Himbeergebüsch entdeckt. Es war eine kleine, mit Seide bezogene schwarze Schachtel, mit einem etwas abgerundeten Deckel und einem winzigkleinen goldenen Scharnier hinten. Ich hielt die Schachtel von mir weg und öffnete sie ein Stückchen, jederzeit bereit, sie wieder zuzuklappen, falls etwas Ekliges darin lauerte. Zuerst sah ich weiße Seide schimmern. Nichts, was sich bewegte. Ich machte den Deckel weiter auf.

In einer kleinen Vertiefung in der Mitte der weißen Seide steckte ein Ring. Ein runder roter Edelstein saß zwischen zwei glitzernden Steinen auf einem schmalen Goldband. Der Ring passte mir perfekt.

Rasch verstaute ich ihn wieder in seiner Schachtel. Ein Schmuckstück hatte mir noch nie jemand geschenkt – außer dem Plastikring aus der Cornflakesschachtel, den mir Tommy Salami verehrt hatte. Was wollte Jake Boone von mir? Ich glaube, in dem Moment kam mir das erste Mal der Gedanke, dass ich Jakes Verhalten falsch gedeutet hatte. Konnte es tatsächlich sein, dass er anders war als Tommy Salami und die Übrigen? Ich hätte so gern geglaubt, dass der Ring tatsächlich für *mich* gedacht war und dass Jake ihn mir gegeben hatte, weil er mich mochte … Für mein Leben gern hätte ich das geglaubt. Aber wie war es überhaupt möglich, dass er mich mochte? Warum mochte er May nicht noch lieber als mich?

Diese Gedanken brachten mich völlig durcheinander. Was sollte ich jetzt tun? Und was empfand ich selbst für Jake? Diese Verwirrung der Gefühle gefiel mir nicht. Ich wollte immer genau wissen, was abging.

Ich wanderte den Pfad talwärts, bis ich an die Stelle kam, wo ich unter einem Stein den Lederbeutel gefunden hatte. Ich schob den Stein weg und stellte die Schachtel mit dem Ring in das Loch. Als ich die Schachtel mit etwas Erde bedeckte, überkam mich wieder dieses furchtbare Frösteln. Was war das nur?

Ich brauchte Zeit zum Nachdenken. Aber stattdessen musste ich an Tante Jessie denken.

*

Am Tag nach Tante Jessies Begräbnis war mir der Beutel mit dem BWUW-Medaillon wieder eingefallen, und ich hatte mich aufgemacht, um in der Scheune danach zu suchen, konnte ihn aber nicht mehr finden. Hatte sie ihn geholt? Oder hatte jemand anderes ihn sich unter den Nagel gerissen?

Beim Abendessen am Tag nach der Bestattung fragte ich alle, ob sie einen alten Lederbeutel mit »einer Art Medaillon drin« gesehen hätten. Ich tat so, als sei es mir nicht besonders wichtig, weil ich es dem eventuellen Dieb erleichtern wollte, seine Tat zuzugeben. Aber keiner legte ein Geständnis ab. Dad sagte: »Frag doch Nate, vielleicht hat er was gesehen.«

»Wo ist er überhaupt?«, fragte Ben.

»Er macht mal wieder einen seiner Ausflüge«, antwortete Dad. Er und meine Mutter sahen sich an – besorgt und verärgert zugleich.

»Er ist zu alt, um da rauf in die Berge zu gehen«, sagte meine Mutter.

Dad ächzte. »Du kannst ja mal versuchen, ihn daran zu hindern.«

Ich hatte das Gefühl, dass sie irgendetwas wussten, was ich nicht wusste.
Während also Onkel Nate seinen Ausflug machte, schlich ich mich in sein Haus, um mich dort umzusehen.
Die Wohnung war gespenstisch ohne Tante Jessie. Viele ihrer Sachen waren gar nicht mehr da; ihr Mantel hing nicht mehr hinter der Tür; ihre Hausschuhe standen nicht vor dem Sofa, und ihr Strickkorb wartete nicht neben ihrem Sessel. Die große Kommodenschublade war wieder an ihrem Platz, und ich hätte sie gern aufgemacht, weil ich plötzlich das Gefühl hatte, Tante Jessie könnte sich vielleicht dort versteckt haben, aber ich brachte es doch nicht über mich.
Am Schluss ging ich noch ins Badezimmer. Das neue Badezimmer war Tante Jessies ganzer Stolz gewesen, und es war erst vor ein paar Monaten fertig geworden. Immer schon hatte sie sich ein rosarotes Bad gewünscht, und nun hatte sie endlich eins, und es war wirklich unglaublich rosa: Badewanne, Waschbecken, Vorlage, Handtücher, Toilettenpapier, alles in Rosa! Onkel Nate hatte sich angewöhnt, zu uns rüberzukommen, um unsere Toilette zu benutzen. »Von so viel Rosa wird mir irgendwie übel«, sagte er immer.
Unter dem Waschbecken befand sich ein kleines Schränkchen mit drei Schubladen, und eine von ihnen hatte ein Schloss, auf Tante Jessies ganz speziellen Wunsch hin. Ich konnte mir gar nicht vorstellen, was sie dort versteckt haben könnte, aber sie hatte wirklich alles darangesetzt, Onkel Nate dazu zu bringen, dass er an einer der Schubladen ein Schloss anbrachte. Ich versuchte sie zu öffnen. Verschlossen. Hing vielleicht irgendwo ein Schlüssel? Aber irgendwie schämte ich mich, nach einem zu suchen, stattdessen wischte ich das Waschbecken trocken und rieb die Hähne blank, so wie Tante Jessie es gern gehabt hatte.
Irgendjemand hatte das Medaillon eingesteckt! Und ich musste

herausfinden, wer. Früher oder später. *Zinny Taylor: Privatdetektivin.*

*

Eine Woche, nachdem Jake mir den Ring geschenkt hatte, kam Onkel Nates Film zurück. Wieder drängten wir uns alle um ihn, während er den Umschlag öffnete. Er war ganz aufgeregt, weil er nun endlich seinen »Beweis« vorlegen konnte. Er schaute die Fotos an, eins nach dem anderen: unsere Kühe, die Scheune, die Esche, die Kardinalvögel.

»Wann kommt der Beweis?«, fragte Ben. »Mach doch ein bisschen schneller.«

Betont langsam ging Onkel Nate die Bilder durch. »Das ist es nicht«, sagte er. »Und das auch nicht.« Die Veranda, das Tomatenfeld, Jim am Fluss. Als er das Foto von Jim weglegte, rief er: »Da! Da ist der Beweis!« Er sah uns an – begeistert, stolz, erwartungsvoll.

»Welcher Beweis?«, fragte Ben.

»Na, du siehst es doch!« Das Bild war ziemlich verschwommen, als wäre es im Morgennebel aufgenommen.

»Nate«, sagte Mom vorsichtig, »das ist doch ein Foto von *dir* …«

»Wo ist der Beweis?«, fragte Ben.

»Hier, direkt vor deiner Nase«, sagte Onkel Nate.

»Aber das bist *du* –«, wiederholte Mom.

»Das weiß ich doch. Ich bin schließlich nicht plemplem.«

»Aber warum ist das der *Beweis*?«, beharrte Ben. »Wo ist Jessie?«

Onkel Nate grinste. »Verflixt noch mal – *sie* hat das Foto gemacht!«

*

Mitten in das Schweigen, das auf diesen Satz folgte, platzte Mrs Boone. Ich hatte sie seit Jahren nicht mehr gesehen, und wenn Mom sie nicht an der Tür begrüßt hätte, dann hätte ich sie gar nicht erkannt. In meiner Erinnerung war Mrs Boone eine mollige, freundliche Frau mit weichen braunen Haaren. Die neue Version von Mrs Boone – oder Louanne, wie meine Mutter sie nannte – war dünn und klapprig, und ihre Haare sahen aus wie Stroh. Ihr Hals erinnerte an einen Hühnerhals, und im Gesicht hatte sie lauter Falten. Es war, als hätte jemand die frühere Mrs Boone aufgemacht und die zweite Mrs Boone herausgelassen – aber diese zweite Mrs Boone war kein kleines Mädchen, sondern eine alte Frau.

Ich mußte sie dauernd anschauen. Vielleicht war es ja eine ganz andere Mrs Boone! Aber meine Mutter benahm sich, als hätte sie sich überhaupt nicht verändert. Auf alle Fälle war Mrs Boone sehr aufgebracht.

»Setz dich doch hin, Louanne«, sagte meine Mutter. »Du siehst ja ganz mitgenommen aus.«

»Bin ich auch«, sagte Mrs Boone und warf einen kurzen Blick auf uns Kinder. Wir standen alle noch um Onkel Nate und seine Fotos herum.

»Könntet ihr bitte ins Nebenzimmer gehen, damit ich ungestört mit Louanne reden kann?«, sagte meine Mutter.

»Vielleicht sollte eins der Kinder hier bleiben«, sagte Louanne.

Was sollte das heißen? Wir starrten sie an und warteten auf eine Erklärung.

»Welche ist Zinny?«, fragte sie.

Gretchen schob mich vor. »Die da.«

»Ich glaube, Zinny sollte hier bleiben«, sagte Louanne. »Es geht auch um sie.«

Ich überlegte, ob ich zur Tür rausrennen oder mich auf den Boden fallen lassen sollte und wie bei einem Anfall um mich schlagen. Oder vielleicht konnte ich ja einfach ohnmächtig werden. Alle lauerten, weil sie unbedingt hören wollten, warum Louanne ausgerechnet mich dabeihaben wollte.

»Geht schon«, sagte Mom. »Ihr habt doch bestimmt alle was zu tun. Zinny – du bleibst hier.«

Zögernd schlappten die andern aus dem Zimmer – alle bis auf May, die meinte, sie müsste jetzt das Geschirr abwaschen.

»May, geh jetzt.«

»Ich will noch rasch die Teller spülen«, sagte sie.

»Raus hier –«

»Okay, okay, okay! Wenn du nicht willst, dass dir jemand im Haushalt hilft –, mir soll's nur recht sein!«, sagte May und marschierte davon.

Mrs Boone spielte mit ihrem Schlüsselring und räusperte sich ein paarmal. »Ihr habt neue Vorhänge«, sagte sie dann.

»Seit drei Jahren«, sagte Mom.

»Und deine Frisur gefällt mir sehr.«

»Vielen Dank. Ich finde, deine Haare sind auch erstklassig geschnitten.« (Das stimmte nicht, aber Mom wollte nett sein.) »Also, warum wolltest du, dass Zinny hier bleibt?«

Mrs Boone sah mich nicht an. Ich fing langsam an, mir wirklich Sorgen zu machen. Schließlich sagte sie: »Hoffentlich ist das Ganze ein Irrtum. Mir ist das alles sehr unangenehm.«

»Was ist denn passiert, Louanne? Was ist los? Geht es um Zinny?« Mom schaute von Mrs Boone zu mir. »Zinny, hast du eine Ahnung –«

»Nein«, sagte ich. Das entsprach zwar nicht ganz der Wahrheit, denn ich wusste, es hatte irgendetwas mit Jake zu tun. Womöglich hatte Mrs Boone die Sache mit dem Hund herausgefunden und dachte, es sei meine Schuld.

»Louanne …? Nun sag schon, was los ist«, sagte Mom.

»Also gut. Aber es fällt mir sehr schwer. Du weißt ja, ich bin sonst nicht so. Normalerweise lasse ich alles an mir abprallen. Ich beschwere mich nicht gern. Ich mische mich auch nicht in anderer Leute Angelegenheiten ein. Aber das ist etwas anderes.«

Spuck's endlich aus! hätte ich am liebsten gerufen. *Sag doch, was ich Schreckliches getan habe, und knüpf mich dann an der Eiche auf. Bringen wir's hinter uns.*

»Mein Jake redet die ganze Zeit von Zinny ...«

Ich glaube, ich lief feuerrot an, als sie das sagte.

»Das ist doch sehr nett, oder?«, sagte Mom. »Erwähnt er auch manchmal Mays Namen?«

Ah! Selbst Mom vermutete, dass Jake sich eher für May interessieren würde als für mich. *Mich* konnte niemand lieben. Ich war tief getroffen.

Louanne knetete den Zipfel unseres Tischtuchs zwischen den Fingern. »Na ja, schon. Vielleicht bringe ich die beiden ja auch durcheinander. Ich hab gedacht, Zinny ist die ältere. Vielleicht solltest du May wieder reinholen.«

Mom rief May herein, die gleich hinter der Tür gestanden haben musste, denn sie war sofort zur Stelle. »Ja, was gibt's?«, fragte sie strahlend.

Louanne presste die Lippen aufeinander und knetete den Tischtuchzipfel noch ein bisschen mehr durch. Dann setzte sie sich kerzengerade hin, wie ein Zaunpfahl. Stumm. Der Sekundenzeiger unserer Uhr tickte erbarmungslos weiter, von einer Sekunde zur nächsten. Ich fürchtete schon, Mrs Boone könnte einen Herzinfarkt gehabt haben.

Als sie wieder anfing zu reden, zuckte ich richtig zusammen.

»Ich habe heute die Schubladen in meiner Kommode aufgeräumt. In der obersten, unter meinen Strümpfen, bewahre ich eine kleine Schatulle mit meinen Wertstücken auf. Ich besitze nicht besonders viele, nur ein bisschen Schmuck, den mir meine Großmutter vermacht hat. Diese Schatulle hole ich ziemlich re-

gelmäßig hervor und seh mir die Sachen an. Das tut mir gut. Ich fasse sie auch sehr gern an.«
Langsam dämmerte mir etwas.
»Heute habe ich also wieder mal in die Schatulle geschaut, und da habe ich sofort gemerkt, dass etwas fehlt – der Verlobungsring meiner Großmutter, ein Ring mit zwei Diamanten und einem Rubin. Ich hab gleich meinen Mann gefragt, ob er ihn irgendwo gesehen hat. Aber er wusste von nichts. Ich hätte Jake auch gefragt, aber er ist schon den ganzen Vormittag weg, und in Mrs Flints Laden ist er auch nicht. Ich habe den Verdacht, dass er meinen Ring genommen und ihn May oder Zinny gegeben hat. So, jetzt ist es raus.«
Ich fand, sie hätte zuerst Jake fragen sollen, aber für solche Überlegungen war sie vermutlich viel zu durcheinander. Sie hatte sich wahrscheinlich nicht mehr zu helfen gewusst.
May brach in Tränen aus, und ich sprang von meinem Stuhl auf und raste zur Tür. Ich fühlte mich wie in einer Falle.
»Zinny?«, rief Mom. »Wohin –«
Aber da war ich schon draußen.

Knopfaugen

Die Sonne stand hoch am Himmel und brannte erbarmungslos herunter, als ich den Pfad hinaufrannte. Mein Herz hämmerte, meine Füße knallten über die Steine, *plonk, plonk, plonk.* Die Vögel fanden es wohl zu heiß zum Fliegen, denn sie hockten traubenweise in den Baumkronen, zwitscherten und trillerten.
Als ich den Stein hoch heben wollte, unter dem ich den Ring verstaut hatte, hob ein hellbrauner Salamander den Kopf und musterte mich aufmerksam. Für ihn war ich bestimmt ein riesiges, schwitzendes Monster, das sich jetzt zu ihm herunterbeugte. Es klingt komisch, aber irgendwie hatte ich das Gefühl, er wollte mir etwas sagen. Aber ehe ich herausfinden konnte, was, huschte er blitzschnell davon und schlüpfte unter die Decke aus Tannennadeln.
Der Ring war *weg!*
Ich war fassungslos. Hektisch grub ich noch ein Stück tiefer und durchwühlte dann die Tannennadeln. Ich suchte die ganze Umgebung ab, unter allen Büschen und Bäumen, aber ich fand nichts, und als ich mich wieder auf den Heimweg machte, sah ich immer noch die glänzenden kleinen Salamanderaugen vor mir, die mich fixierten.
Ich stürmte in die Küche, bereit, alles zu beichten. Mrs Boone war gegangen, aber Mom stand noch am Spülbecken.
»Zinny? Du siehst ja schrecklich aus! Komm, beruhige dich. Ich kann ja verstehen, dass du weggelaufen bist. Was Louanne gemacht hat, ist wirklich furchtbar. Das muss man sich mal vorstel-

len – sie verdächtigt ihren eigenen Sohn und denkt, er hat ihr was gestohlen! Ich hab ihr gesagt, dass Jake so was nie tun würde, und selbst wenn er es getan hätte – *wenn* er es getan hätte –, dann würdet ihr so was nie annehmen, du und May, und ihr hättet uns bestimmt gleich davon erzählt. Mach dir keine Sorgen. Es wird alles wieder gut.«

Ich war wie gelähmt. Mein Kopf rief *Gib's zu! Gib's zu!*, aber mein dummes Herz war so dankbar für den Trost, dass ich gar nichts sagen konnte. Es war hirnverbrannt von mir, das wusste ich genau, aber irgendwie wollte ich glauben, dass tatsächlich alles wieder gut würde – einfach so.

*

Als ich mir abends die Zähne putzte, hörte ich wieder die Musik. Ich ging hinunter und spähte in Onkel Nates Zimmer. Das Foto, den »Beweis«, hatte er an den Spiegel geklemmt, und er drehte sich im Kreis, drehte sich, drehte sich, im Rhythmus des Boogie-Woogie.

Irgendetwas an dieser Musik und an Onkel Nates wild entschlossenem Gesichtsausdruck machte mich auch wild entschlossen. Ich musste den Ring und das Medaillon finden – komme, was wolle. Und ich musste herausfinden, was dahinter steckte.

Gesucht

Endlich war das Schuljahr zu Ende, und ich konnte mich ganz auf meinen Pfad konzentrieren. Seit Mrs Boones Besuch hatte ich Jake nicht mehr gesehen und May und Gretchen flüsterten abends endlos miteinander.

»Ist dir auch schon aufgefallen, dass Jake gar nicht mehr vorbeikommt?«, sagte Gretchen.

»Pssst!« wisperte May. »Schläft Zinny schon?«

Ich atmete langsam und regelmäßig und rührte mich nicht.

»Tief und fest«, sagte Gretchen. »Was ist denn mit Jake?«

»Ich glaube, er hat endlich begriffen. Kannst du was für dich behalten?«

»Klar kann ich das.«

»Ich glaube, er hat Zinny immer nur was geschenkt, um mich eifersüchtig zu machen«, sagte May. »Und weißt du was? Die Sache mit dem Ring … Ich hab mir das so erklärt: Jake hat den Ring geklaut –«

»Nein!«, sagte Gretchen.

Der Ring, der Ring! Ich musste Tag und Nacht an diesen Ring denken. Vielleicht bildete ich mir ja auch nur ein, dass ich ihn in dem Loch vergraben hatte. Vielleicht hatte ich ihn verloren!

May flüsterte Gretchen zu. »Also, pass auf – ich glaube, er hat ihn genommen, weil er ihn mir schenken wollte, aber dann hat er ihn … Ach, ich weiß auch nicht. Vielleicht hat er plötzlich Angst gekriegt. Oder er hat ihn verloren. Aber ich glaube schon, dass er – du musst mir versprechen, dass du keinem was erzählst!«

»Versprochen!«
»Ich glaube, dass er mich echt mag.« May kicherte. »Weißt du, was gestern passiert ist? Also, ich war in Mrs Flints Laden, und Jake war da, und da hat er – na ja, also das war total eindeutig …«
»Was war eindeutig?«
»Na – dass er mich mag«, sagte May. »Er hat mich angelächelt.«
»Er lächelt doch dauernd«, sagte Gretchen.
»Aber das war was anderes. Ich hab's einfach gespürt.«
Ich vergrub das Gesicht unter dem Kopfkissen und verfluchte Jake.

*

Eines Abends, als Dad und Ben gerade ein Baseballspiel im Fernsehen anschauten, hörte ich, wie Ben fragte: »Dad, warum ist Zinny überhaupt nie mehr zu Hause? Wieso ist sie dauernd droben bei dem Pfad?«
»Wahrscheinlich will sie manchmal gern allein sein«, sagte Dad.
»Nicht manchmal – *dauernd*!«
»Irgendwann wird es ihr sicher langweilig.«
»Aber das dauert noch eine Ewigkeit, bis sie fertig ist. Der Weg ist ellenlang«, maulte Ben.
»Es wird ihr garantiert früher oder später langweilig, wart's nur ab. Sie zieht das Projekt bestimmt nicht durch.«
Mein eigener Vater. Ein *Verräter*!
Das Problem war, dass ich selbst immer mehr in Panik geriet. Nach meiner eigenen Schätzung hatte ich bisher erst sechs Kilometer geräumt, aber mir standen noch mehr als zwanzig bevor. Ich musste unbedingt in den Sommerferien fertig werden – mir blieb keine andere Wahl –, aber allmählich kam mir das Ganze vor wie ein unmögliches Unterfangen.

Ich brauchte inzwischen länger als eine Stunde, um an die Stelle zu kommen, an der ich aufgehört hatte, und je mehr ich freilegte, desto länger wurde natürlich der Weg. Es war aussichtslos. Dann hatte ich eine Idee, und eines Abends beschloss ich, Mom und Dad diese Idee zu unterbreiten.
»Zinny, ich glaube, du hast den Verstand verloren!«, sagte mein Vater.
»Ein Pferd!«, rief meine Mutter. »Warum nicht gleich ein Flugzeug? Du weißt doch, wir haben nicht so viel Geld!«
»Aber dann könnte ich den Pfad hinaufreiten, und es würde nicht halb so lange dauern und außerdem –«, bettelte ich.
»Zinny«, sagte mein Vater. »Findest du nicht, dass du die Geschichte mit dem Pfad ein bisschen übertreibst?«
»Die Geschichte mit dem Pfad? Das ist keine *Geschichte*! Es ist mein Pfad! Tante Jessie hätte mir bestimmt ein Pferd geschenkt.«
Das war natürlich genau das Falsche. Meine Mutter brach in Tränen aus und mein Vater warf mir einen vorwurfsvollen Blick zu. »Schluss – kein Pferd!«, sagte er.

*

Ich war verzweifelt, also griff ich zu einer Verzweiflungsaktion. Ich hängte in Mrs Flints Laden einen Zettel auf:

GESUCHT:
BILLIGES PFERD, DRINGEND! BITTE BEI Z. TAYLOR MELDEN.

Ich hatte nicht genug Geld für ein Pferd, nicht mal für ein billiges Pferd. Den Zettel hängte ich auf, weil ich hoffte, dass Jake ihn sehen würde. Und mir ein Pferd bringen würde. Meinetwegen konnte er es sogar *stehlen*.

Der Zaun

Nichts klappte. Es war, als hätte sich die ganze Welt gegen mich verschworen und sich mit meinem Vater zusammengetan, der nicht glauben wollte, dass ich mein Projekt abschließen würde.
An dem Tag, an dem ich den Zettel bei Mrs Flint aufgehängt hatte, arbeitete ich an meinem Pfad, und nach ein paar Stunden merkte ich, dass es langsam heller wurde. Der finstere Waldtunnel, der *Maidengang*, war gleich zu Ende! Ich hatte es satt, immer nur von dunklen Bäumen umstellt zu sein, also ging ich schnell durch die toten Zweige und das modrige Laub, um zu sehen, worauf ich mich in den nächsten Tagen freuen konnte.
Als ich an den Waldrand trat, verschlug es mir fast den Atem. Vor mir lag eine gut fünfzig Meter breite Lichtung, eine Wiese mit hohem Gras und bunten Blumen, und dahinter ging der Wald weiter. Diese Wiese hätte ein wunderschöner Anblick sein können – aber leider war sie mit dichtem Stacheldraht eingezäunt.
Ein *Stacheldrahtzaun*? Auf *meinem* Pfad? Weit und breit keine Tiere: keine Kühe, keine Pferde, keine Ziegen. Ich kam gar nicht auf die Idee, den Pfad um die Wiese herumzuführen. Bestimmt war er früher geradeaus gegangen, und aus irgendeinem Grund erschien es mir wichtig, dass ich mich daran hielt. Ich ging wieder zurück und überlegte mir eine Strategie.

*

Zu Hause gab mir Dad einen Zettel. »Zinny, was soll das bedeuten?« Es war der Zettel, den ich wegen des Pferdes in Mrs Flints Laden aufgehängt hatte. »Woher willst du denn das Geld nehmen, um ein ›billiges‹ Pferd zu bezahlen?«

»Ich kann was verdienen«, sagte ich.

»Wie?«

»Ich kann Erledigungen für Leute machen.«

»Wann?«

»Egal ... irgendwann ...«

»Heißt das, du willst nicht mehr an deinem Pfad arbeiten und lieber für andere Leute Erledigungen machen?«

Ich steckte den Zettel in die Tasche. »Nein«, sagte ich. »Nein, auf keinen Fall. Vergiss das blöde Pferd. Ich lauf mir halt die Hacken ab.«

Mein einziger Gedanke war: Hoffentlich hat Jake den Zettel gesehen, ehe Dad ihn abgenommen hat!

*

Am nächsten Tag suchte ich im Geräteschuppen nach einem Drahtschneider. In dem Schuppen herrschte ziemliches Durcheinander, überall lagen und standen Sensen, Hacken, Beile und Heugabeln herum. Oder lehnten an den verstaubten Holzwänden. Auf der alten Bank standen Plastikbehälter mit Nägeln, Schrauben, Muttern und Haken; Schraubenschlüssel und Hämmer und Zangen; leere Öl- und Kaffeedosen; verknotete Schnüre. Ich arbeitete mich systematisch durch das Chaos, wühlte unter Metallhaufen und jagte mehrere Spinnen und eine völlig verblüffte Maus in die Flucht.

Die leeren Kaffeedosen erinnerten mich an die Dose, in die ich die Schlange gesteckt hatte. Ich schüttelte ein paar Dosen, um festzustellen, ob irgendetwas in ihnen aufbewahrt wurde. Eine der Dosen klapperte und schepperte. Drinnen befanden sich

Dutzende von Münzen, oder jedenfalls dachte ich auf den ersten Blick, es seien welche, aber als ich sie ausschüttete, sah ich, dass es keine richtigen Münzen waren, sondern eher Spielmarken. Große, kleine, aus Silber, aus Messing. Manche waren ganz glatt, andere hatten Muster oder eine Inschrift. Auf einer Marke war eine Kuh abgebildet, auf einer anderen ein Vogel. Auf einer stand *Glück*, auf einer anderen *Freiheit*.

Ich musste an das Medaillon denken, das ich immer noch nicht wiedergefunden hatte, aber die Marken sahen alle anders aus. Während ich mir eine nach der anderen anschaute, überkam mich wieder dieses unangenehme Kältegefühl, diese beklemmende Ahnung, dass um mich herum etwas Schreckliches passierte. Ich warf die Marken wieder in die Dose und stellte sie dorthin zurück, wo ich sie gefunden hatte.

*

Als ich mich wieder auf den Weg zu meiner Arbeit machte, jagte mir Onkel Nate einen Höllenschrecken ein. Irgendwie fühlte ich mich ertappt – aber wobei? Ich hatte mir doch nur den Drahtschneider geholt, und ich hatte ja auch vor, ihn zurückzubringen.

»Hey!«, rief er. »Gefällt mir nicht, wenn du da oben bei dem Pfad bist.«

»Warum nicht?«

»Gefällt mir nicht – du sollst nicht ganz allein da oben rumlaufen. Man weiß nie, wem du begegnest. Nichts für ein Mädchen.«

Das hätte er nicht sagen dürfen. »Du meinst, es wäre okay, wenn ich ein Junge wäre?«

Er biss sich auf die Unterlippe. »Da oben gibt's Schlangen …«

»Ich hab keine gesehen – jedenfalls schon lange nicht mehr. Und was soll mir sonst passieren? Wem könnte ich denn begegnen?«

Und dann, ich weiß auch nicht warum – dann sagte ich etwas, was ich eigentlich gar nicht sagen wollte: »Vielleicht treffe ich einen, der seinen Schatz besuchen will?«

»Quatsch!«, rief er, aber er wurde rot und bohrte seine Stiefelspitze in den Dreck. »Deiner Tante Jessie würde es auch nicht gefallen, wenn du immer rauf in die Berge gehst, das ist alles.«

Das löste in mir eine ganz komische Reaktion aus. Fast hätte ich gesagt: *Na und?* Das wäre eine ziemlich freche Antwort gewesen, und ich hätte sie ja auch nicht ernst gemeint. Oder doch? Und dann hätte ich fast gesagt: *Doch, das würde ihr gefallen.* Es war nämlich sehr schön da oben, und Tante Jessie hatte Bäume und Blumen gemocht. Plötzlich fühlte ich mich ganz winzig und verlassen – kein Mensch verstand so richtig, was ich machte oder warum es für mich so wichtig war, und ich konnte es den andern aber auch gar nicht erklären, weil ich es selbst nicht wusste.

Ich konnte also nichts antworten, deshalb wandte ich mich ab und ging den Hügel hinauf. Hinter mir rief Onkel Nate: *La-di-da-dah!* und ich erwiderte ganz spontan, ohne groß zu überlegen: *Make the company jump!*

Dann blieb ich abrupt stehen, weil ich merkte, was er gesagt hatte. Onkel Nate hatte nie *La-di-da-dah!* gesagt, außer zu Tante Jessie! Und während ich wieder weiterging, dachte ich über meine automatische Antwort nach. *Make the company jump!* Ich hatte es genau in dem vergnügten Ton gesagt wie Tante Jessie immer. Was hatte das überhaupt zu bedeuten, *Make the company jump*? Welche Leute waren mit *company* gemeint? Und warum sollten sie hüpfen und springen? Ich war mir nicht ganz sicher. Bei Tante Jessie hatte es immer geklungen, als wollte sie sagen: *Auf geht's!* oder *Freu dich des Lebens!*

Und als Tante Jessie in die Schublade gestiegen war – warum

hatte ich mich nicht einfach zu ihr hinuntergebeugt und gerufen: *Make the company jump! Make the company jump!* Vielleicht wäre sie dann ja wieder aus der Schublade herausgesprungen und hätte angefangen zu tanzen.

Ich kann nichts dafür!

Es ist gar nicht so einfach, einen Stacheldrahtzaun zu durchtrennen, selbst wenn man einen hervorragenden Drahtschneider hat. Aber nach einer Weile, nach einigem Zerren, Reißen, Treten und Schimpfen hatte ich es geschafft, die vier Stränge Stacheldraht durchzuschneiden und sie zurück zu den Pfosten zu ziehen. Was ich da machte, war wirklich übel – ich zerstörte einen Zaun. Ich bin ein Mädchen vom Land, und ich weiß, wie lang es dauert, einen Zaun zu reparieren. Aber an diesem Tag war ich wie ein Stier mit brennendem Schwanz. Der Zaun war mir im Weg und er musste verschwinden.

Als ich dann anfing, auf dem Boden zu scharren, konnte ich unter dem Gras keine Steine finden, die den Pfad fortsetzten. Sie hörten auf meiner Seite des Zauns auf und auf der anderen Seite der Wiese, jenseits des Zauns, gingen sie weiter. Vielleicht hatte jemand auf diesem Areal alle Bäume abgeholzt, um eine Wiese anzulegen, und gleichzeitig auch noch die Steine weggetragen.

Ich wusste nicht, was tun. Sollte ich einfach das Gras abtragen? Dann würde dieser Abschnitt des Pfades einfach nur aus Erde bestehen, aber er würde blitzschnell wieder von Gras und Unkraut überwuchert. Ich konnte Steine suchen – aber ich brauchte große Schieferplatten, und so viel ich wusste, gab es die nur unten am Bach. Und ich war mir nicht sicher, ob sie überhaupt ausreichen würden. Dann malte ich mir aus, wie ich mehr als sechs Kilometer zum Bach zurücklegen würde, um dann die Steinplatten sechs Kilometer zurückzuschleppen. Immer ein paar auf einmal. Das

war nicht besonders effizient, und es würde mich unheimlich viel Zeit kosten.
Ich ging ein Stück den Zaun entlang, bergab, um zu sehen, ob es in der Nähe irgendwo eine Farm gab, aber da war nur Wiese, sonst nichts. Weit und breit kein Haus, keine Scheune.
Als ich mich umdrehte, fiel mein Blick auf einen dunklen Haufen, der seitlich neben der Wiese aufgetürmt lag. Dutzende von großen Schieferplatten, unordentlich gestapelt. Ich musste sie zwar immer noch zu der Stelle schleppen, wo ich den Zaun durchgeschnitten hatte, aber das konnte ich in einem oder zwei Tagen schaffen.
Das hohe Gras zu entfernen war allerdings wesentlich schwieriger als ich erwartet hatte. Ich musste zurück zur Farm und eine Sense holen.

*

Ben kniete mitten in seinem Gärtchen und beschimpfte das Unkraut, das schon wieder sprießte. Mein eigenes Beet wirkte ziemlich vernachlässigt. Ich hatte die Tomatensträucher nicht gut genug festgebunden, und sie hingen nun müde herunter, schwer von grünen Tomaten. Das Unkraut wucherte wilder als Hexenhaare. Die Zinnien am Rand meines Beetes sahen traurig aus, lauter welke Blüten, die in der prallen Sonne vertrocknet waren.
Ben meinte: »Dein Beet ist echt das Letzte, Zinny. Du musst was machen!«
»Stimmt«, sagte ich.
»Übrigens – Jake war da. Aber ich war's nicht, ich hab nicht alles durcheinander gebracht, Zinny. Das war Sam.«
»Was habt ihr durcheinander gebracht?«
»Du wirst schon sehen.«
Als ich in die Küche kam, platzte Bonnie gleich heraus: »Rat mal, wer hier war und was passiert ist!«

Sam, der an der Theke stand und für seine tägliche Suppenkreation Reste in einen riesigen Topf löffelte, sagte: »Aber ich kann nichts dafür, Zinny!«
»Wofür?«
Er rührte wie wild in seinem Gemisch. »Ich kann mich irgendwie nicht richtig erinnern. Wahrscheinlich hab ich nicht aufgepasst.«
Gretchen kam hereingeschlendert, und als sie mich sah, blieb sie abrupt stehen. »Jake war hier. Er hat was mitgebracht. Für May.«
»Aber vielleicht stimmt das gar nicht!«, sagte Bonnie. »Vielleicht ist es gar nicht für May –«
»Doch, klar ist es für May.«
»Und wenn's doch nicht für May ist?«
Sam rührte wie ein Irrer in seiner Suppe. »*Ich* kann nichts dafür.«
Bonnie versuchte, die Situation zu erklären. »Jake war hier, und er hat was mitgebracht, und weil Sam als Einziger im Haus war, hat er's Sam gegeben, aber Sam weiß nicht mehr, was Jake gesagt hat.«
»Ich hab nicht zugehört«, winselte Sam.
»May sagt, das Geschenk ist für *sie*«, beharrte Gretchen.
»Aber vielleicht stimmt das gar nicht!«
Ich ging in den Geräteschuppen. Bonnie folgte mir auf den Fersen. »Willst du gar nicht wissen, was es ist?«, fragte sie. »Bist du nicht neugierig? Du glaubst doch sicher auch, dass das Geschenk für dich ist, oder?«
Ich blieb stehen. »Okay – was ist es?«
Bonnie fasste mich am Arm. »Ein Pferd.«

Das Pferd

Ich rannte zur Scheune hinauf, stieß das quietschende Tor auf und blieb reglos im Eingang stehen, um den vertrauten Geruch von Heu und Mist einzuatmen. Als sich meine Augen an die Dunkelheit gewöhnt hatten, ging ich nach hinten zu den Boxen. Ich spitzte die Ohren, um die Geräusche des neuen Tiers hören zu können.

Der wunderbare Jake, dachte ich. Der liebe, gute Jake.

Die Boxen waren leer. Draußen auf der Weide sah ich nur unsere beiden Kühe, die methodisch das Gras rupften. Ich blickte mich um. Bonnie kam hinter mir her den Abhang herauf, und drunten, bei den Beeten, kauerte Ben und versorgte seine Bohnen.

»Wo ist es denn?«, fragte ich Bonnie ungeduldig, als sie mich endlich eingeholt hatte.

»Wo ist was?«

»Das *Pferd*!«

Bonnie schaute sich um. »Welches Pferd?«

»Aber Bonnie – das Pferd, das Jake mitgebracht hat!«

»Ach, Zinny, du Schaf!«, rief sie. »Es ist doch kein *echtes* Pferd! Es ist ein *Holzpferd*!«

*

Im Geräteschuppen trieb ich eine Sense auf und trat dann wieder den Fußmarsch zu meinem Pfad an. *Dieser blöde Jake!*, schimpfte ich.

Wütend hieb ich mit der Sense auf das lange Gras ein. Ich konnte nicht besonders gut mit dem Gerät umgehen, ein paar Mal hätte ich mir fast den Fuß abgesäbelt, aber schließlich fand ich meinen Rhythmus, und dann war es, als bildeten mein Kopf und mein Körper und die Sense und das Gras eine Einheit. Ich fegte über die Wiese weg, und als ich auf der anderen Seite am Zaun ankam, war ich richtig erstaunt, dass ich schon fertig war – und dass ich noch beide Füße hatte. Ich schnitt also auch auf dieser Seite den Stacheldraht durch und machte mich dann daran, die Steinplatten von unten hoch zu schleifen.

Was war eigentlich mit mir los? Wie konnte ich hoffen, dass Jake etwas für mich stehlen würde? Normalerweise fand ich es doch ganz schlimm, wenn jemand etwas stahl. Vielleicht wollte ich einen Beweis dafür haben, dass er mich wirklich mochte. Aber wenn ich erwartete, dass jemand etwas so Schreckliches tat, nur um zu beweisen, dass er mich mochte, war das kein besonders gutes Zeichen. Ich kam mir vor wie ein kleines Kind, das unbedingt ein Bonbon haben möchte: *Ich will! Jetzt gleich!* Nur dass ich kein Bonbon wollte, sondern ein Pferd. Und ich musste herausfinden, ob Jake mich mochte oder May. In meinem Kopf hörte ich May sagen: *Oh, Zinny, du bist ja so kindisch!*

*

Abends im Bett horchte ich auf die Grille. Draußen hatte es 21 Grad, und eine sanfte Brise zupfte an den Vorhängen. Auf Mays Nachttisch am andern Ende des Zimmers lag eine kleine braune Schachtel, und daneben stand ein winziges Holzpferdchen.

Es konnte gar nicht anders sein – das Pferd war für mich gedacht. Am liebsten hätte ich es mir genommen. Jake machte *mir* Geschenke, mir! Aber warum war May sich dann so sicher, dass das Pferd für sie war? Hatte Jake doch etwas zu ihr gesagt? Hatte er es sich womöglich anders überlegt?

In der Nacht träumte ich komische Sachen. Goldmedaillons und

Rubinringe schimmerten in den Bäumen, und Messingmarken schwirrten durch die Luft. Durch die Wälder galoppierten kleine braune Pferde und jagten hinter Beagles und knopfäugigen Salamandern her. Und mitten drin tanzte Tante Jessie auf meinem Pfad einen Boogie-Woogie, während sich eine andere Frau, ganz in Rot gekleidet, hinter einem Baum versteckte.

Der Plan

Ich verbrachte fast den ganzen folgenden Tag damit, einen neuen Plan zu entwickeln, den ich dann am Abend meinen Eltern vorlegte. Mein Vorschlag lautete folgendermaßen: Ich wollte den Rest der Sommerferien draußen bei meinem Pfad verbringen. Dann musste ich nicht jeden Tag hin und her gehen, und ich konnte meinen Auftrag schneller erledigen.
»Zinny«, sagte mein Vater sehr ernst. »Ich glaube nicht, dass du so lang allein da oben sein sollst.«
»Warum nicht?«, entgegnete ich. »Da oben ist doch kein Mensch. Außer mir und den Bäumen und den Vögeln gibt's da nichts.«
»Aber gibt es keine Löwen und Tiger?«, fragte Sam.
»Nein, Löwen und Tiger gibt es nicht, Sam«, beruhigte ihn Mom. »Aber Rotluchse und Rehe – und womöglich auch ein paar Bären –.«
Vor Rehen hatte ich keine Angst. Dass es Luchse und Bären gab, hatte ich auch schon gehört, aber das waren doch nur Gerüchte. »Ich habe noch nie einen Bären oder einen Luchs gesehen«, sagte ich. »Und außerdem – wenn ich sie in Ruhe lasse, dann lassen sie mich auch in Ruhe.«
»Du bist einfach noch zu klein«, sagte Dad.
»Zu *klein*? Du warst doch noch nicht mal elf, als du mit Onkel Nates Truck von hier nach Mississippi gefahren bist, oder?«
»Na ja«, brummelte er. »Das waren andere Zeiten.«
»Und du, Mom, du warst erst zwölf, als du mit dem Rucksack durch Kentucky gewandert bist!«

»War ich erst zwölf? Aber das waren *wirklich* andere Zeiten ...«

»Es sind doch nur die Berge!«, sagte ich. »Bäume und Berge und Erde.«

»Zinny«, begann Dad wieder. »Ich weiß nicht recht, was ich von dieser Pfadgeschichte halten soll.«

»Das ist keine Pfad*geschichte*!«

Dad wurde ärgerlich. »Als du nichts gesagt hast, warst du nicht so schwierig!«

Mom schaltete sich ein. »Sag das nicht – lass sie reden!«

»Okay«, sagte er. »Kommst du nicht durch Gelände, das anderen Leuten gehört? Was ist, wenn die Leute nicht wollen, dass du in ihrem Land herumbuddelst? Du würdest ihr Gelände unbefugt betreten.«

»Es ist ein öffentlicher Weg«, sagte ich.

»Ach? Woher weißt du das?«

»Die Frau im Museum hat es gesagt. Er ist in allen Karten eingezeichnet.«

»In welchen Karten?«

Also zeigte ich ihnen die Landkarten, und obwohl die Frau vom Museum mir nicht *richtig* gesagt hatte, dass es ein öffentlicher Weg war, klang es in meinen Ohren doch irgendwie einleuchtend, nachdem ich es einmal ausgesprochen hatte, und je entschiedener ich darauf beharrte, desto mehr glaubte ich es selbst.

Meine Eltern waren von den Landkarten sehr beeindruckt. »Das ist ja toll!«, sagte mein Vater. »Der Weg geht bis nach Chocton.«

»Zinny«, sagte Mom. »Ich hab das alles gar nicht gewusst – aber warum suchst du dir nicht ein paar Leute, die dir bei diesem Projekt helfen?«

»Das ist kein *Projekt* –«

»Mir gefällt einfach der Gedanke nicht, dass du ganz allein da oben in den Bergen bist«, sagte Dad wieder. »Du kannst doch jemanden mitnehmen – einen von deinen Brüdern vielleicht. Oder Gretchen.«

Aus dem Nebenzimmer hörten wir Gretchens Stimme: »Kommt nicht in Frage!«

»Ich will aber nicht, dass jemand mitkommt! Ich will es allein machen. Es ist *mein* Pfad –«

»Zinny, es ist nicht *dein* Pfad!«, sagte Mom.

»Doch, er gehört mir. Und ich nehme keinen mit.«

»Aber was ist, wenn dir was passiert? Wenn du dich verletzt oder so?«

»Dann komme ich nach Hause.«

»Aber wenn du's nicht bis nach Hause schaffst? Wenn du zum Beispiel bewusstlos bist? Oder wenn dich eine Schlange beißt? Oder wenn du dir das Bein brichst!«

»Ach, du liebe Zeit!«, sagte ich. »Oder wenn ein Flugzeug abstürzt und auf mich drauffällt. Oder wenn ein Tornado kommt und mich nach Kanada pustet. Oder –«

So ging es noch eine Weile hin und her, bis Mom sagte: »Zinny, ich habe das Gefühl, du willst unbedingt hier weg –«

»Ja, das stimmt!«, sagte ich. »Hier ist es viel zu eng und viel zu laut. Nichts gehört mir. Bonnie zieht meine Schuhe an, Sam klaut mir mein Kopfkissen, ich hab nie ein eigenes Handtuch, niemand weiß, wie ich richtig heiße, im Schrank findet man nie ein sauberes Glas, und meine Zahnbürste ist auch verschwunden.« Dass ich glaubte, wenn ich diesen Pfad nicht fertig machte, dann würde mich der Blitz Gottes treffen, erwähnte ich lieber nicht.

Mom und Dad starrten mich fassungslos an. Mom sagte: »Das haben wir ja alles noch nie gehört – du hast uns das noch nie gesagt –«

»Ihr habt ja auch nie mit mir geredet!«

Sie wichen beide ein Stück zurück, als hätte ich ihnen einen

Eimer Wasser ins Gesicht geschüttet, und ich hätte mich eigentlich schämen müssen, aber meine Gedanken hüpften herum wie Erbsen auf einer heißen Schaufel.
Mom sagte: »Aber du warst ja auch immer drüben bei Jessie – du hast immer nur mit *ihr* geredet –«
Ich hätte sie ausreden lassen sollen, aber stattdessen schimpfte ich immer weiter: »Da oben bei dem Pfad gehört alles mir: die Bäume, das Gras, die Luft, die Blumen. Wie Tante Jessie immer gesagt hat – man braucht diese Hyazinthen.«
»Wovon redet sie?«, sagte Dad.
»Du weißt doch«, sagte Mom müde. »Jessies Hyazinthen-Ding.«
Sie liebte und vermisste Tante Jessie sehr, aber ich glaube, es hing ihr zum Hals heraus, dass ich sie immer als die letzte Autorität anführte.
»Welches Hyazinthen-Ding?«, fragte Dad.
»Dieses Wandbild, das Jessie gestickt hatte, mit dem Spruch über die Hyazinthen: *Der Mensch braucht Brot und Hyazinthen: das eine als Nahrung für den Körper, das andere als Nahrung für die Seele.*«
Ich sah das Stickbild vor mir. Der Spruch war unten mit Kreuzstichen eingestickt gewesen, und oben waren drei Gegenstände abgebildet: ein Laib Brot, ein Strauß Hyazinthen und über beidem eine Hand – eine riesige Hand. Es lief mir kalt den Rücken hinunter, wenn ich nur daran *dachte.* Tante Jessie hatte immer gesagt, es sei *die Hand Gottes.*
Da fiel mir noch etwas anderes ein, was sie hin und wieder gesagt hatte: *Der Herr hat's gegeben, der Herr hat's genommen.* Jedes Mal, wenn sie das sagte, hatte ich automatisch diese Hand Gottes vor mir gesehen. Ich hatte gesehen, wie sie das Brot und die Hyazinthen verschenkte – und dann gleich wieder wegnahm. Bei dem Gedanken fing ich richtig an zu frieren.
Dad sagte: »Was ist eigentlich mit diesem Wandbild passiert?«

»Zinny hat es ihr in den Sarg gelegt, erinnerst du dich?«, sagte Mom.

»Ach ja, stimmt.« Er trommelte mit den Fingern auf den Tisch. »Zinny – es geht dir um Tante Jessie, stimmt's? Die Pfadgeschichte hat irgendwie mit ihr zu tun, glaube ich.«

»Ich habe keine Ahnung, was du meinst«, sagte ich.

»Sie fehlt uns allen«, fuhr Dad fort. »Aber da oben wirst du sie auch nicht finden –«

Zu meiner großen Überraschung sagte meine Mutter: »Vielleicht doch. Vielleicht muss Zinny eine Weile hier weg.«

Wir wurden von Will unterbrochen, der mit vier Eiern in der Hand hereingerannt kam, dicht gefolgt von Ben. »Gib sie wieder her!«, schrie Ben.

Will lief zu Mom. »Schau mal, diese Eier hier. Ben wollte sie vergraben – in seinem Beet!«

»Ben?«, sagte Mom. »Stimmt das?«

»Ja.«

»Darf ich fragen, *warum* du diese Eier vergraben wolltest?«

Ben wurde rot. »Es ist ein Experiment. Ich will sehen, ob was aus ihnen herauswächst.«

Will war richtig aufgebracht. »Kannst du dir das vorstellen? Er denkt echt, dass er die Eier im Boden vergraben kann und dann kommen Küken aus der Erde!«

»Na ja, vielleicht keine Küken«, sagte Ben. »Vielleicht eine Hühnerbohne.«

»Was ist denn eine Hühnerbohne?«, wollte Dad wissen.

»Reden wir bitte noch mal über meinen Plan?«, sagte ich. »Über den Pfad. Dass ich dort zelten will. Ich. Schon vergessen?«

Von der Veranda hörte man einen lauten Schlag, und dann schrie Onkel Nate: »Verflixt und zugenäht! Verflixt und zugenäht!«

Wir rannten alle zur Tür. Onkel Nate prügelte wie besessen auf ein aufgerolltes Seil ein.

Ich stand da und sah zu, wie Onkel Nate das Seil schlug. Ich wollte ihn umarmen – oder ihm eine Ohrfeige geben –, ich wusste nicht, was. Ich wollte schreien: *Ich vermisse sie auch! Ich vermisse sie am allermeisten!*

Dads Stimme holte mich zurück. »Okay, Zinny. Okay.«

»Okay? Heißt das, ich kann gehen?«

»Nein«, sagte Dad. »Es heißt, dass wir es uns ein paar Tage überlegen müssen. Wir sagen nicht ja, aber wir sagen auch nicht nein.«

Als Ben zu seinem Beet schlich, die Eier in der Hand, tippte ich Onkel Nate auf die Schulter. »Ich glaube, das Tier ist jetzt tot«, sagte ich.

Vorbereitungen

Drei Tage später war ich schon fast davon überzeugt, dass meine Eltern meinen Plan vollkommen vergessen hatten und ich noch einmal Anlauf nehmen musste, um sie zu überzeugen. Aber da überraschten sie mich mit der Mitteilung, dass ich gehen durfte. Vor Schreck fiel ich beinah von der Veranda. Sie stellten mir allerdings mehrere Bedingungen:

1. Sie wollten meine Ausrüstung sehen, bevor ich loszog. Sie bestanden darauf, dass ich zu meiner Sicherheit bestimmte Sachen mitnahm: Taschenlampe, Streichhölzer, Messer und einen Erste-Hilfe-Kasten mit einem Mittel gegen Schlangenbisse.
2. Ich musste ordentliche Mahlzeiten einplanen. Den Proviant wollten sie zwar bezahlen, aber ich musste die Sachen selbst besorgen.
3. Ich musste versprechen, keine Dummheiten zu machen.
4. Ich musste versprechen, alle zehn Tage nach Hause zu kommen (ursprünglich wollten sie, dass ich mich jede Woche melde, aber ich konnte mehr herausschlagen), damit sie sehen konnten, dass ich noch lebte.
5. Wenn mich ein Bär auffressen sollte, musste ich auf einen Zettel schreiben, was passiert war. (Das war ihre Art von Humor!)

*

Ich brauchte zwei Tage, um alles zu organisieren. Zuerst stellte ich eine Liste zusammen, welche Lebensmittel und welche Ausrüstung ich brauchte. Ich war sehr stolz auf mich, dass ich mit so wenig auskommen konnte, aber die andern mischten sich ständig ein.

»Wie sieht's mit Wasser aus?«, fragte Bonnie. »Brauchst du denn kein Wasser?«

»Wahrscheinlich schon«, gab ich zu und schrieb »Wasser« auf meine Liste.

»Und was ist mit Obst und Gemüse?«, erkundigte sich Mom. »Du kannst doch nicht nur Bohnen aus der Dose essen.«

Ich fügte Obst und Gemüse hinzu.

»Brauchst du keinen Schlafsack?«, fragte Dad. »Du kannst doch nicht auf dem Boden schlafen. Was machst du, wenn es kalt wird?«

»Und ein Zelt brauchst du auch«, sagte Mom. »Oder wenigstens eine Plane, falls es regnet.«

Also schrieb ich »Schlafsack« und »Plane« auf meinen Zettel.

Eine Laterne brauchte ich nicht, weil ich ja schon eine Taschenlampe eingeplant hatte. Auch einen Kocher wollte ich nicht mitnehmen, weil ich ihn mit den ganzen anderen Sachen nicht auch noch schleppen konnte. Nur zögernd erklärte ich mich bereit, Wäsche zum Wechseln mitzunehmen – Gretchen machte eine richtige Szene, als sie hörte, dass ich zehn Tage lang dieselben Klamotten tragen wollte.

»Was glaubst du denn, wie die Pioniere das gemacht haben?«, sagte ich zu ihr. »Meinst du wirklich, die hatten immer einen Koffer mit sauberer Kleidung dabei?«

»Aber sicher!«, sagte Gretchen.

Mom bestand darauf, dass ich meine Zahnbürste mitnahm, und als ich sie daran erinnerte, dass jemand sie geklaut hatte, sagte Mom: »Dann kannst du meine haben.«

»Vielen Dank«, sagte ich. »Da kauf ich mir lieber 'ne neue.«

Ich hatte dieses Unternehmen wirklich bis ins letzte Fitzelchen durchgeplant!

Mit meiner Lebensmittelliste begab ich mich zu Mrs Flints Laden. Als ich Jakes Truck vor dem Geschäft sah, überlegte ich mir kurz, ob ich nicht lieber umdrehen und am nächsten Tag wiederkommen sollte. Aber das hätte bedeutet, dass ich noch einen Tag für die Vorbereitungen drangeben musste. Also entschloss ich mich, die Sache möglichst schnell hinter mich zu bringen und möglichst wenig zu sagen.
»Zinny! Verflixt noch mal, Zinny! Ich – du – was – ich …« Er stotterte und stolperte, warf die Pyramide aus Suppendosen, die er gerade aufgebaut hatte, mit großem Gepolter um und rasselte gegen den Zeitschriftenständer. »Aua – verflixt …«
Ich suchte die Sachen auf meiner Liste zusammen, und was ich fand, strich ich aus. Ich hatte mir vorgenommen, einfach gar nichts zu sagen.
Jake mühte sich mit den Dosen ab und versuchte, die Pyramide wieder herzustellen. »Mensch, Zinny – …« Er war so nervös wie eine langschwänzige Katze in einem Zimmer voller Schaukelstühle.
Ich stapelte die Sachen, die ich schon gefunden hatte, ordentlich neben der Kasse auf und ging zurück zu den Regalen.
»Verflixt noch mal, Zinny – willst du mich nicht wenigstens begrüßen?«
»Tag.« Das war schon sehr großmütig von mir, fand ich.
»Willst du dich nicht für das Pferd bedanken?«
»Ich glaube, May ist diejenige, die sich bedanken muss.«
»May? Warum May?«
»Weil sie gesagt hat, du hättest *ihr* das Pferd geschenkt.«
»Was? Ich soll – ich soll das Pferd *May* geschenkt haben? So ein Quatsch. Es ist für dich, Zinny.«
»May sieht das anders.«
Die neu gebaute Dosenpyramide krachte wieder in sich zusammen. »Mist …«

Ich strich den letzten Punkt von meiner Liste. »Könntest du die Sachen bitte für mich abziehen?«
Er kickte eine Dose weg, sodass sie den Gang hinunterrollte, und ging dann an die Kasse. Er sah aus wie eine gefangene Hornisse. Schnell tippte er die Preise ein, hackte wie besessen auf die Tasten ein und schob die jeweilige Ware dann ziemlich grob beiseite.
Er packte alles in drei große braune Papiertüten. Das Brot unten, die Dosen oben drauf. Ich sagte lieber nichts. Erst als ich schon bezahlt hatte, wurde mir richtig klar, dass ich die Sachen unmöglich nach Hause tragen konnte. Aber wenn ich es nicht mal schaffte, sie nach Hause zu schleppen, wie sollte ich dann alles hoch zum Pfad tragen, zusammen mit meiner Ausrüstung?
Wenn Mrs Flint mich bedient hätte, dann hätte ich sie gefragt, ob ich vielleicht ein paar Sachen zurückstellen könnte, aber bei Jake ging das nicht. Er guckte sowieso schon so böse. Bevor mir allerdings eine Lösung einfiel, hatte Jake schon zwei der Tüten genommen und war zur Tür gegangen. Er warf sie hinten auf den Truck, holte die dritte Tüte und drehte das Schild in der Tür von OFFEN zu GESCHLOSSEN. »Komm schon, Zinny, beeil dich. Ich hab auch nicht den ganzen Tag Zeit.«
Ich kletterte in den Truck und starrte stur geradeaus. Wie ein Bekloppter bretterte Jake den Highway entlang, schnitt alle Kurven und bog dann in einem rasenden Tempo in unseren Kiesweg ein.
»Ich hasse Trucks«, sagte ich.
Er knatterte zu unserem Haus hinauf, dass der Kies nur so beiseite spritzte. An der ersten Biegung musste er ausweichen, um nicht Onkel Nate zu überfahren, der direkt vor uns den Weg überquerte. Schlohweiß im Gesicht hielt Jake an, während Onkel Nate fassungslos auf den Truck starrte – wie ein verschrecktes Reh, das sich auf der Autobahn verlaufen hat.

»Sie können doch nicht so durch die Gegend rennen!«, sagte Jake. »Sonst passiert Ihnen noch mal was –«
Onkel Nate blinzelte und fuchtelte mit seinem Stock. »Wenn ich nicht mehr rennen darf, kann ich ja gleich ins Grab steigen!«
Das gefiel mir. Am liebsten hätte ich gesagt: *Sag's ihm, Onkel Nate. Sag ihm Bescheid!*
Jake fuhr weiter, allerdings ein bisschen langsamer. Offenbar hatte es ihn doch schockiert, dass er Onkel Nate fast überfahren hatte. Ich spürte, dass ich etwas sagen sollte, bevor wir zum Haus kamen, aber ich wusste nicht, was – die Wörter flatterten in meinem Kopf herum wie Motten um eine Glühbirne. Schließlich sagte ich etwas, aber es war nicht das, was ich eigentlich sagen wollte – die Wörter purzelten nur irgendwie aus meinem Mund heraus: »Ich hab ein *echtes* Pferd gesucht, nicht so ein läppisches Holzpferd. Und außerdem kann ich sehr gut ohne deine Hilfe eins finden, danke schön.«
»Zinny – warte – ich muss zwei Sachen sagen, und du musst mir zuhören. Erstens: Ich hab erfahren, dass du da oben beim Pfad ganz allein zelten möchtest. Kann ich dir denn nicht helfen?«
»Nein. Auf keinen Fall.«
»Du bist wirklich der sturste Mensch, den ich kenne.«
»Was ist das zweite, was du sagen wolltest?« Ich wünschte mir so sehr, dass er kein zweiter Tommy Salami war. Wenn er doch sagen würde: *May interessiert mich nicht die Bohne, Zinny. Du bist die Einzige, die mir gefällt.* Oder etwas in der Richtung.
Er umklammerte das Lenkrad. »Zinny, es ist mir schrecklich peinlich – aber ich muss den Ring wieder zurückhaben.«
Ich erstarrte. »Den Ring? Es ist *mir* schrecklich peinlich, Jake, aber der Ring ist weg. Jemand hat ihn *gestohlen.*«
Ich sprang aus dem Wagen, nahm die Tüten und drehte mich nicht mehr um. Ich hörte nur noch quietschende Reifen und dann Mays Stimme: »Jake? Jake, warte doch ...«

Allein

Am nächsten Morgen brach ich sehr früh auf, und so wahr ich lebe und atme, dieser erste Tag, den ich allein verbrachte, zog sich dermaßen in die Länge, dass ich schwören könnte, er war mindestens fünfhundert Stunden lang.

Mom und Dad waren aus den Betten gestolpert, um sich von mir zu verabschieden. Sie drückten an meinem Rucksack herum, der so voll gepackt war, dass er fast platzte. Außerdem war er mit einem Seil umwickelt, an dem verschiedene Sachen hingen. Mein Schlafsack und die Plane waren zu einer Wurst zusammengerollt und unten am Rucksack befestigt. Aus einem alten Mehlsack hatte ich mir noch ein zweites Gepäckstück gebastelt, in dem ich die Nahrungsmittel transportierte.

An der Stelle, wo ich am Tag zuvor die Arbeit abgebrochen hatte, baute ich mein Lager auf. Ich stellte mir vor, dass ich jeden Tag nach der Arbeit zu meinem Lager zurückgehen würde, und alle zwei, drei Tage wollte ich dann wieder zusammenpacken und weiterziehen. Nachdem ich alles aufgestellt hatte, setzte ich mich erst einmal hin und begutachtete mein Reich. So lange hatte ich mich auf diesen Augenblick gefreut – ganz allein in den Bergen, nur ich und die Vögel und die Bäume und der Himmel. Und niemand, der mich nervte, ganze zehn Tage lang.

Mein »Zimmer« war kein vollgestopftes Kabuff, das ich mit drei Schwestern teilen musste und in das ständig Brüder und Eltern einmarschierten – es war die weite, weite Natur. Ich hatte mein Essen, mein Wasser, meine Plane, meine Taschenlampe, meine

Zahnbürste – alles gehörte mir, und kein Mensch würde kommen und alles aufessen, auf allem herumtrampeln oder alles wegschleppen. In den Tagen vor meinem Aufbruch hatte ich mir diese Szene oft ausgemalt, und ich hatte mir vorgestellt, dass ich stundenlang so dasitzen würde, vielleicht sogar den ganzen Tag, um alles richtig in mich aufzunehmen. Aber komischerweise wurde ich schon nach fünf Minuten ganz zappelig, also schnappte ich mir meine Schaufel und machte mich an meine Arbeit.

Ich hatte mir angewöhnt, vier oder fünf Stunden am Stück zu räumen. Der Teil des Tages verlief also ganz normal, wie sonst auch. Immer, wenn ich arbeitete, ging es mir so ähnlich wie beim Mähen – ich hörte auf zu denken und bewegte nur noch Arme und Hände, die mit der Hacke, dem Gras, dem Pfad verbunden schienen. Aber manchmal, mitten im Nicht-Denken oder wenn es dem Ende entgegenging, kamen plötzlich und unerwartet, von irgendeinem verborgenen Ort in meinem Gehirn, Bilder angeflogen, wie kleine Vögel, die auf einmal aus den Zweigen eines Baumes emporflattern.

Eine der Szenen, die an diesem Tag angeschwirrt kam, war das Bild meiner Eltern, die am Tisch sitzen, und meine Mutter sagt, ich hätte immer nur mit Jessie geredet. In der Stille des Waldes konnte ich das Gesicht meiner Mutter vor mir sehen, und ich sah den gekränkten Blick. *Es hat ihr etwas ausgemacht, dass ich immer mit Jessie geredet habe.* Das war ein echter Schock für mich! Und kurz bevor das Bild wieder verschwand, überlegte ich mir, ob meine Mutter sich diese Szene wohl auch ins Gedächtnis rief und ob sie mich vor sich sah und mich sagen hörte, dass sie und mein Vater nie mit mir geredet hätten. Ich hoffte, dass sie es nicht hörte, denn ich bedauerte, dass ich es gesagt hatte. Und dann kam mir der Gedanke, dass ich mir gewünscht hatte, dass sie öfter mit mir redeten und mich mehr beachteten. Aber gleich hörte ich May wieder rufen: *Ach, Zinny, wie kindisch!*

Um vier Uhr hörte ich auf zu arbeiten. Sonst machte ich mich um diese Zeit auf den Heimweg, und ich brauchte ein paar Minuten, bis mir klar wurde, dass ich ja gar nicht nach Hause musste, sondern schon zu Hause war. Ich brauchte auch nicht mit der Arbeit aufzuhören, wenn ich nicht wollte. Ich konnte noch stundenlang weiterackern – wenn es mir gefiel, konnte ich sogar die Nacht durchmachen.

Auf dem Rückweg zu meinem improvisierten Lagerplatz sammelte ich Holz für ein Feuer und überlegte, was ich essen könnte. Ich beschloss, eine Dose Bohnen aufzuwärmen und dazu eine Scheibe Brot zu essen. Danach ein Stück Obst und als Nachtisch einen halben Schokoriegel. Als Getränk Wasser. Das klang gut. In Gedanken ging ich die einzelnen Schritte noch einmal durch: Feuer machen, Dose öffnen – *Dose öffnen*? Siedend heiß fiel mir ein, dass ich vergessen hatte, einen Dosenöffner mitzunehmen!

Warum hatte ich an etwas so Offensichtliches nicht gedacht? Warum hatte kein Mensch mich daran erinnert? Ich dachte an die ganzen Sachen, an die sie mich noch erinnert hatten, und alle waren sie so besorgt gewesen, ich könnte womöglich frieren oder nicht genug zu essen haben oder es könnte mir etwas zustoßen. Ich drehte die Szene herum und merkte, wie blöd ich gewesen war. Nur darauf versessen endlich wegzukommen. Ich kam mir vor wie ein winziger Wurm.

*

Ich hatte Probleme mit dem Feuer. Verzweifelt fummelte ich herum, probierte alles aus und flehte das Holz an, richtig zu brennen. Schließlich fing ich sogar an zu schreien, aber die Zweige waren einfach zu feucht und zu groß. Jake hätte bestimmt gewusst, wie man Feuer macht. Vielleicht hätte ich ihm doch erlauben sollen, mir zu helfen. Aber dieser Gedanke machte mich ganz nervös. Ich wollte nicht an Jake denken! Also begann ich noch mal ganz von vorne, mit ein bisschen trockenem Laub und zwei dünnen Zweigchen, und als diese brannten, fügte ich immer größere Stücke hinzu, bis ein richtiges Lagerfeuer prasselte. Ich übertrieb es ein bisschen, das gebe ich zu. Weil ich unbedingt Bohnen essen wollte, klopfte und drückte ich so lange an einer Dose herum, bis sie schließlich aufplatzte.

Wenn man alleine isst, braucht man nicht lange für eine Mahlzeit. Man muss nicht warten, bis einem jemand die Schüssel reicht, man muss keine Fragen beantworten. Warum hatte ich keine Tasse mitgenommen? Aber wenigstens konnte ich aus der Flasche trinken. Als ich mit dem Essen fertig war, wischte ich meine Gabel sauber und vergrub die leere Dose. So! Ich musste weder den Tisch abdecken noch Geschirr spülen! Ich war frei, unabhängig, und ich konnte tun und lassen, was ich wollte.

Ich blickte mich um. Was machten die Leute eigentlich, wenn sie unendlich viel Zeit zur Verfügung hatten und tun und lassen konnten, was sie wollten?

Von unten war das traurige Pfeifen des Zugs zu hören. Instinktiv schaute ich in Richtung Farm. Ich dachte an die Esche und die Kardinalvögel und an Tante Jessie und Onkel Nate. Meine Familie hatte sich jetzt um den großen Esstisch versammelt, und ich fragte mich, ob überhaupt jemand registrierte, dass ich nicht dabei war.

Wieder kam eine Szene angeflogen: Meine Eltern, die heute Morgen ganz früh aufgestanden waren, um sich von mir zu verabschieden. Und dann: Sam, der seine Suppe schlürfte. Und als Nächstes: Ben in seinem Gärtchen, Gretchen an ihrem Computer. *Halt!*, flehte ich mein Gehirn an. *Aufhören!*

Zum Schlafen war es noch zu früh. Ich ging um meinen Lagerplatz herum, zupfte den Schlafsack zurecht, stocherte im Feuer und überlegte, was ich zum Frühstück essen sollte. Als ich

merkte, dass ich noch Holz für die Feuerstelle brauchte, war ich ganz erleichtert. Es gab etwas zu tun! Ich musste Holz sammeln!
Während ich trockene Zweige einsammelte, fielen mir die mitgebrachten Zinniensamen ein. Also hatte ich noch etwas zu tun. Ich nahm einen Stock in jede Hand und zog auf beiden Seiten des Pfadstücks, das ich heute geräumt hatte, eine Rille. Als ich zu meinem Lagerplatz zurückging, streute ich die Samen in diese Rillen, und dann ging ich wieder in die andere Richtung und deckte sie mit Erde zu. Eigentlich hätte ich sie auch gießen müssen, aber mein Trinkwasser wollte ich nicht verplempern. Vielleicht regnete es ja bald.
Ich konzentrierte mich also ganz auf die banalen Dinge und war mir dessen auch bewusst. Dadurch vermied ich es, über die größeren Fragen nachzudenken, die hinter diesem praktischen Kleinkram lauerten. Wenn ich mich nicht irgendwie beschäftigte, kamen bestimmt Millionen von Szenen und Bildern angeflogen, alle auf einmal. Ich hätte ja ganz gern gewusst, was da alles in meinem Kopf gespeichert war, aber ich wollte die Bilder lieber langsamer sehen, eins nach dem anderen.
Auf meiner Uhr war es erst sieben. Ich schüttelte sie, weil ich dachte, sie sei stehengeblieben. Bei der nächsten Runde Holzsuche entdeckte ich einen alten Ahorn, der aussah wie der ideale Kletterbaum. Die kräftigen Zweige hatten genau die richtigen Abstände. Ich dachte: *Hey, da kann ich ja einfach raufklettern!* Vielleicht klingt es albern, aber in dem Moment kam mir das vor wie die absolute Erleuchtung – ich hatte etwas gefunden, was mir Spaß machte, und ich konnte diesen Wunsch, diese Idee einfach in die Tat umsetzen, ohne mir Gedanken darüber zu machen, ob ich dann nicht zu spät nach Hause kam oder ob ich vorher noch etwas anderes fertig machen musste oder ob jemand sagen könnte, es sei viel zu gefährlich.

Also kletterte ich auf den Baum. Immer höher, immer höher. *Du kannst ruhig weiterklettern,* sagte ich zu mir, *so hoch rauf, wie du willst.* Ich setzte mich auf einen Zweig, ganz, ganz hoch über dem Boden. Die Vögel zwitscherten und schwirrten und flatterten zwischen den Zweigen herum. Zwei graue Eichhörnchen jagten eine Eiche in der Nähe hinauf, und ihre Schwänze wippten wie kleine Federpeitschen.

Weit unter mir war das schmale Band des Flusses, und hier und da verstreut konnte man Dächer und Silos und Weideflächen sehen. Von meinem Ausguck konnte ich meinen Pfad und mein Feuer sehen. Als ich mich umdrehte, um den Berg hinauf zu schauen, huschte ein dunkler Schatten in mein Blickfeld und verschwand wieder. Ich blickte zurück zu meinem Lagerplatz, und wieder kam es mir vor, als würde ich einen Schatten sehen, der vorbeiwehte wie ein flatternder Umhang.

Ich horchte. Ich blickte mich um. Zu sehen war nichts, aber die vielen Geräusche waren mir unheimlich. So was hatte ich noch nie gehört – es knarrte und ächzte, knackte und raschelte, sirrte und murmelte. Ich war umgeben von einer pulsierenden Klangkulisse. In ein paar Stunden wurde es dunkel, und ich saß hier, ganz allein auf einem hohen Baum in den Bergen, und ich hatte Angst.

Lange blieb ich da oben sitzen, wie gelähmt, und vielleicht hätte ich mich nie wieder von der Stelle gerührt, aber als der Baum selbst zu stöhnen begann, als hätte er keine Lust mehr, mich zu tragen, schrak ich auf. Mein Feuer da unten war zu einem matten Glimmen heruntergebrannt, die Sonne war untergegangen und hatte einen leuchtenden orangeroten Vorhang über den Himmel gebreitet.

Ich kletterte hinunter, versuchte, die Geräusche des Waldes und seiner Bewohner zu ignorieren, und rannte zurück zu meinem Lager, schürte das Feuer und kroch in meinen Schlafsack. Flach

auf dem Rücken liegend starrte ich hinauf in den Himmel, beobachtete die blinkenden Glühwürmchen und die Motten, die zum Feuer geflogen kamen. Fledermäuse schwirrten über mich hinweg. Ich wartete auf den Augenblick, wenn es richtig dunkel sein würde. Dann wollte ich die Augen zumachen und schlafen.
Aber der Augenblick der Dunkelheit kam nicht. Stattdessen sah ich am Himmel unterschiedliche Schattierungen, eine graduelle Intensivierung der Farbe, und die Übergänge waren so gleitend, dass man die Veränderungen gar nicht richtig wahrnahm, sondern sich nur fragte: Ist das noch dieselbe Farbe wie gerade eben? Ist sie nicht schon ein bisschen dunkler? Ist es schon Nacht? Bald sah ich die hellen Punkte der Sterne, aber sie funkelten nicht an einem schwarzen Nachthimmel, es war immer noch nicht dunkel. Und obwohl ich scharf aufpasste, konnte ich den Augenblick der Dunkelheit nicht genau festlegen. Gab es den Augenblick vielleicht gar nicht?

Das Kind in der Einkaufstasche

In der Nacht hörte ich Zweige knacken, als wäre jemand in der Nähe. Ich verkroch mich noch tiefer in meinem Schlafsack. Ich war zu müde und zu verängstigt, um nachzusehen, was es sein könnte, aber ich horchte angespannt. Als ich nichts mehr hörte, kam ich zu dem Schluss, dass es das ausgehende Feuer gewesen sein musste. Also schlief ich wieder ein. Ich träumte von der kleinen Rose in der Einkaufstasche.

Ich hatte bestimmt unendlich viele Erinnerungen an Rose, weil wir ja wie Zwillinge aufgewachsen waren, immer zusammen. Manchmal hatten wir sogar im selben Bett geschlafen, weil wir so ein Theater machten, wenn man uns trennen wollte. Es ärgerte mich, dass ich diese Erinnerungen nicht abrufen konnte.

Eine meiner Lehrerinnen hatte einmal gesagt, dass wir an die ganz frühen Erinnerungen nicht herankommen können, weil unser Gedächtnis das Erlebte als Wörter speichert, und kleine Kinder verfügen noch nicht über genügend Wörter. Ich wusste nicht so recht, ob ich ihr glauben sollte, denn manchmal sah ich Roses Gesicht vor mir, als sie ganz klein war und wir beide noch nicht sprechen konnten.

Vielleicht war es wie mit Gretchens Computer. Hin und wieder, wenn sie eine Datei öffnen wollte, erschien auf dem Bildschirm die Meldung: *Kein Zugriff!* Gretchen redete dann beschwichtigend auf den Computer ein, als wäre er ein ungezogenes Kind, und wenn er immer noch nicht machte, was sie wollte, beschimpfte sie ihn und schaltete ihn schließlich aus.

Die Erinnerungen an Rose waren irgendwo abgespeichert, aber ich hatte keinen Zugriff. In dieser Nacht stahl sich allerdings eine aus der verschlossenen Datei:

Tante Jessie packte die Einkaufstasche aus und stellte sie auf den Fußboden. Es war eine dieser guten, festen Tüten, groß, aus reißfestem Papier und mit zwei Griffen. Rose kletterte hinein, Tante Jessie hob sie hoch und sagte: »Oh, ich glaube, ich gehe jetzt noch mal einkaufen, la-di-da«, schwenkte die Tasche hin und her und rief: »Hat jemand meine Rose gesehen? La-di-da.«

Ich spähte in die Tasche, und da kauerte Rose und grinste, und dann schaute ich Tante Jessie an, und sie grinste ebenfalls und lachte, und es war ein wunderbarer Anblick. Tante Jessie fragte mich, ob ich auch mal in die Tasche wollte, aber ich hatte keine Lust. Ich wollte Rose sehen, wie sie darin saß und grinste, und Tante Jessie, wie sie die Tasche hin und her schwang und »La-di-da!« rief.

Mein Traum war genauso, wie es gewesen war – nur dass sich im Traum die Szene immer wiederholte, und ich stand dabei und wünschte mir sehnlichst, es würde nie aufhören.

Am Morgen erschien ein schmales Kupferband über dem Horizont, und der Tau glitzerte in den Spinnweben, die wie Brücken die Grashalme miteinander verbanden. Dieser Anblick war so friedlich, dass ich mich fragte, warum ich am Abend vorher Angst gehabt hatte.

An diesem Tag entwickelte ich eine Routine, die ich während der folgenden acht Tage beibehielt. Ich machte mich schon früh auf die Socken und begutachtete das Pfadstück, das ich am Vortag freigelegt hatte. Ich kam immer schneller voran – inzwischen schaffte ich schon fast einen Kilometer am Tag und manchmal sogar noch mehr.

Jeden Tag fand ich am Wegesrand irgendetwas, was ich meiner wachsenden Sammlung hinzufügen konnte: Pfeilspitzen, Feuersteine, Lederfetzen, Schnurstücke, ein Bowiemesser und eine Steinschleuder. Ich wusste, dass die Frau im Museum durchdrehen würde, wenn sie die ganzen Sachen zu Gesicht bekäme. Außerdem entdeckte ich Versteinerungen. Weiter unten waren es Pflanzen und Armfüßer, die wie zweischalige Muscheln aussahen. Tante Jessie hätte begeistert gegrinst und gesagt, diese Versteinerungen seien eindeutige Beweise dafür, dass hier vor vielen Jahren ein riesiges Meer war.

Je nachdem, was ich fand, war ich für den Rest des Tages ein Trapper, der durch den Wald schlich, oder eine Archäologin bei einer bahnbrechenden Ausgrabung oder eine entflohene Gefangene, die ihren Wärtern davongelaufen war. Am häufigsten war ich allerdings *Zinny Taylor, Detektivin*, die nach Jakes Ring und dem Medaillon fahndete. Je mehr ich über die beiden Schmuckstücke nachdachte, desto überzeugter war ich, dass sie irgendetwas mit dem Pfad zu tun haben mussten. Wenn ich unbeirrt weitermachte, entdeckte ich bestimmt noch mehr Indizien.

Ich fragte mich, was es mit Onkel Nates Ausflügen in die Berge auf sich hatte und ob er vielleicht das Medaillon und den Ring an sich genommen hatte, aber ich konnte mir nicht vorstellen, warum er sie haben wollte. Was konnte er denn mit ihnen machen?

Kurz nach zwölf am zweiten Tag wurde die Stille durch das Brummen eines kleinen Flugzeugs durchbrochen. Ein einmotoriges Sprühflugzeug flog dicht über die Bäume hinweg, und ich hatte schon Angst, gleich würde ich mit Insektenschutzmittel besprüht, obwohl ich mir nicht vorstellen konnte, warum jemand hier oben sprühen sollte. Das Flugzeug kreiste über mir, und die beiden Männer vorne drin winkten mir zu. Als ich zurückwinkte, flog das Flugzeug noch tiefer und drehte ab, und ich sah, dass der Passagier mein Vater war. »Du brauchst mich nicht zu kontrollieren!«, schrie ich. Er konnte mich natürlich nicht hören, aber er grinste und winkte wieder. Von da an knatterte er alle zwei Tage über mich weg. Er ließ sich einfach von dem Sprühflugzeug mitnehmen, und es kam schnell so weit, dass ich ihn an den Tagen, an denen er nicht vorbeikam, vermisste.

Abends, nach dem Essen, sammelte ich Holz und pflanzte Zinnien entlang der neuen Strecke, und meistens kletterte ich auf einen Baum und wartete, bis der Sechs-Uhr-Zug pfiff. Die nächsten paar Stunden, zwischen dem Pfeifen und der Dunkelheit, waren immer am schwierigsten, und an den ersten paar Tagen musste ich mich richtig zusammenreißen, um nicht den Pfad hinunterzurennen und nach Hause zu flüchten.

Am vierten Tag zog ich mit meinem ganzen Lager weiter. In den frühen Abendstunden fielen mir jetzt immer mehr Dinge auf, kleine Dinge, normale Dinge, wie Grashüpfer, Grillen, Schmetterlinge und Motten, die durchs Gras schwirrten. Und die Bäume, die Wache hielten, die Eichen, Ulmen, Buchen und Lärchen, und vor ihren Reihen jede Menge Blumen, Hahnenfuß und Goldrute, Gänseblümchen und schwarzäugige Susanne, Bocksbart und Frauenschuh. In meinem Kopf hörte ich Tante Jessie sagen: »Bingo!« und »Die Welt ist voller Wunder!« Sie und Onkel Nate hatten mir beigebracht, diese ganzen Blumen zu bestimmen.

Manchmal faszinierte mich ein bestimmter Grashüpfer, eine bestimmte Versteinerung oder ein Baum ganz besonders. Man hätte diese Dinge tagelang, wochenlang, monatelang studieren können, und jedes Mal wäre einem etwas Neues aufgefallen. Wahrscheinlich war es mit den Menschen nicht anders: Wenn man sich richtig mit ihnen beschäftigte, entdeckte man immer etwas Neues, Anderes. Aber würde man diese Entdeckungen auch mögen? Kam es darauf an, *wer* hinschaute?

Ich trug meine Fortschritte in die Landkarten ein. Ich hatte den ganzen Maidengang hinter mir, samt der abgezäunten Wiese (die allerdings auf den Landkarten noch nicht verzeichnet war), ich hatte das Krähenloch durchquert, ein flaches Tal, das von hohen Ahornbäumen umstellt war und in dem Hunderte krächzender Krähen wohnten.

Ich hatte mich über den Kinderzehenberg gekämpft – mit zittrigen Knien und zusammengebissenen Zähnen, weil hinten auf der Landkarte eine handschriftliche Geschichte stand, bei der mir ganz mulmig geworden war: Ein Baby war von einem Wolf entführt worden, und alles, was man von dem Kind wiedergefunden hatte, waren drei Zehen, und zwar auf diesem Bergkamm. Und als wäre das nicht schon gruselig genug gewesen, hatte jemand noch dazugeschrieben: *Wiederholt wurde der Geist des Kindes auf dem Kamm gesichtet.*

Bei der Arbeit an diesem Abschnitt des Pfads träumte ich zweimal von der kleinen Rose. In einem der Träume schaute jemand in die Schublade, in der sie lag, und fragte: *Wo sind denn ihre Zehen?*

Die alte Holzfäller-Eisenbahn bestand jetzt nur noch aus rostigen Gleisen, die mitten im Wald abrupt endeten. Auf beiden Seiten der Gleise waren Lichtungen, wo man die Bäume gefällt hatte. Alte Baumstümpfe kauerten hier und da, an denen immer noch die Spuren von Schrotsägen zu sehen waren. Außerdem wuchsen hier auch etwas deplaziert wirkende Apfelbäume. Ich überlegte mir, ob die Holzfäller in ihrem Proviant vielleicht Äpfel mitgebracht und die Kerngehäuse weggeworfen hatten, und nachdem die Männer wieder weitergezogen waren und die Eisenbahnlinie längst stillgelegt worden war, waren kleine Apfelschösslinge aus der dunklen Erde gesprießt.

Mit der Uhrzeit hatte ich ziemliche Probleme. Es kam mir gar nicht so vor, als würde ein Tag den anderen ablösen, sondern die Zeit erschien mir wie eine endlose Spanne, bei der Hell und Dunkel ineinander übergingen. Ich hatte immer gedacht, die Zeit würde irgendwie anfangen und aufhören, aber so war es nicht – sie ging immer weiter. Aber wenn die Zeit nicht anfing und nicht aufhörte, vielleicht war es dann mit dem Leben genauso. Vielleicht ging es einfach immer weiter.

Und ich träumte, dass Rose immer weiter lebte und Tante Jessie auch, und ich träumte von meiner Familie und von Jake und von allen anderen, und sie lebten alle immer weiter, und dann wachte ich auf und blickte mich um und wunderte mich, dass nicht eine ganze Versammlung von Leuten um mich herumsaß und mich anstarrte.

Einblicke

Jeden Morgen ritzte ich in einen Ahornstock eine kleine Kerbe, weil ich Angst hatte, ich könnte sonst jedes Zeitgefühl verlieren und vergessen, dass ich am zehnten Tag, wie versprochen, wieder nach Hause musste. Immer wenn ich den Zug pfeifen hörte, hatte ich schreckliches Heimweh und überlegte mir, ob ich nicht doch den Pfad hinunterrennen sollte, hinunter zur Farm, in die Küche – und dort würden alle sitzen.

Noch etwas anderes machte mir ein ungutes Gefühl, aber das war schwieriger zu erklären. Immer wieder sah ich aus dem Augenwinkel etwas Dunkles vorbeihuschen, einen Schatten, der sich bewegte, einen Farbtupfer – oft rot – vielleicht einen Ärmel, eine Mütze. Duckte sich da jemand hinter einem Baum? Ich blieb immer gleich stehen, wartete, horchte. Ich hatte das Gefühl, dass jemand in der Nähe war, mich beobachtete, mir nachspionierte. Manchmal dachte ich aber auch, das, was ich da sah, könnte Tante Jessie sein – vielleicht hielt sie sich ja irgendwo im Wald auf und wachte über mich. Und einmal, das muss ich zugeben, lief ich sogar hinter diesem roten Flackern her, in der Hoffnung, es könnten ihre roten Haare gewesen sein, und als ich nichts fand, machte ich mir schon Sorgen, ich könnte so werden wie Onkel Nate und hinter der Luft her laufen. Wahrscheinlich rannte ich demnächst auch mit einem Stock durch die Gegend und schlug irgendwelche Dinge tot!

Ich bekam immer ein schlechtes Gewissen, wenn ich an Onkel Nate dachte. Bestimmt hätte Rose nie Keuchhusten bekommen, wenn ich nicht auf der Welt gewesen wäre, und Tante Jessie wäre nicht vor einer Schlange erschrocken und gleich in die Schublade geklettert, und Onkel Nate wäre jetzt nicht allein und würde nicht Tag und Nacht hinter seinem Rotvogel her jagen und er brauchte auch keine andere Freundin. Ich wollte das Rad der Zeit festhalten, es zurückdrehen, damit die drei wieder zusammen sein konnten! Immer, wenn ich mir das ausmalte, dachte ich, vielleicht könnte ich mich selbst aus dem Bild herauskatapultieren, aber ich sah mich immer irgendwie mit dabei, mit Rose und Onkel Nate und Tante Jessie, und ich wollte mich gar nicht herauskatapultieren. Ich wollte bei ihnen sein, und ich wollte jetzt hier sein, und ich wollte überhaupt nicht ausradiert werden.

Dann fing ich immer an zu grübeln. *Was mache ich überhaupt hier oben im Wald?* War ich für meine Familie, die da unten auf der Farm lebte, jetzt ausradiert? Hatte ich mich selbst ausradiert? Auf diese Frage wusste ich keine richtige Antwort, aber ich hatte das unbestimmte Gefühl, dass ich keineswegs dabei war, Zinny auszuradieren, nein – ich suchte sie – als wäre ich selbst unsichtbar, aber Zinny war irgendwo da draußen. Dann wieder kam es mir vor, als würde ich nach Rose suchen. Oder nach Tante Jessie. Vielleicht waren sie ja irgendwo auf dem Pfad und erwarteten mich.

Einmal, als ich in meinen Schlafsack krabbelte, sah ich ein orangerotes Flackern. Ich blieb ganz ruhig sitzen, obwohl ich am liebsten hinterhergelaufen wäre, aber ich zwang mich abzuwarten. Verstohlen trat ein Fuchs auf die Lichtung und starrte mich an, ruhig und hellwach, auf schlanken schwarzen Beinen. Sein buschiges Fell war rostrot, nur vorne am Hals hatte es einen weißen Fleck. Der Fuchs spitzte die Ohren und lauschte. Er musterte mich, kniff die Augen zusammen, als würde er mich erkennen, und verschwand dann wieder.

Ich saß da und dachte an die Ameisen, die von den Grashüpfern gefressen wurden, und an die Grashüpfer, die von den Vögeln gefressen wurden, die ihrerseits vielleicht von Füchsen verspeist wurden, die wiederum von ... Nichts hatte Bestand, alles war in Gefahr, von etwas anderem verschlungen zu werden. Sogar ich – ich konnte auch verschlungen werden, so wie die kleine Rose und Tante Jessie.

Eines Nachts träumte ich, ich würde durch ein Labyrinth aus hohen grünen Hecken rennen, immer hinter einer Hummel her, die so groß wie ein Vogel war. Hinter mir hechelte ein riesiger Tiger, der einen Stock zwischen den leuchtend weißen Zähnen trug.

Am Morgen nach diesem Traum fand ich plötzlich eine Tasse zwischen meinen Bohnendosen. Ich hatte keine Tasse mitgenommen, oder jedenfalls hatte ich das gedacht, aber jetzt war plötzlich eine da. Am nächsten Tag entdeckte ich einen Dosenöffner. Und zwei Tage später die Seife. Ich hatte keine Seife mitgenommen – oder doch? Ich machte mir Sorgen um meinen Geisteszustand.

Am neunten Tag erreichte ich den Berg des Schlafenden Bären. Dieser Abschnitt des Pfads war relativ unkompliziert: ein Trampelpfad, gut einen halben Meter breit, der seitlich den Berg entlang führte. Links ging ein steiniger, grasbewachsener Abhang nach oben, und da, auf dem Bergkamm, ragte ein schwarzer Fels empor, dessen Form an einen Bären erinnerte, der sich zum Schlafen zusammengerollt hatte. Unterhalb des Pfades war der Hügel mit hohen Lärchen bewachsen, die kleine Wäldchen bildeten, mit Lichtungen dazwischen. Auf dem Pfad selbst lagen keine Steinplatten, und vermutlich hatten sich auch nie welche dort befunden. Die natürliche Entwässerung des Bodens sorgte dafür, dass der Pfad trocken und zuverlässig war. Hier musste ich nur an den stärker überwucherten Stellen Unkraut jäten.

Oben, vom Schlafenden Bären aus, hatte man eine wunderbare Aussicht über die Berge und die Lärchenwäldchen, und ich entdeckte zum ersten Mal das Dach einer kleinen Hütte, die ein

Stück unterhalb des Pfades lag. Es war die allererste Behausung, die ich in der Nähe des Pfads entdeckt hatte. Bestimmt stand sie leer.

Ganz am Ende dieses gebogenen Abschnitts, etwa anderthalb Kilometer entfernt, führte der Pfad in einen tiefen, dunklen Wald, der unheimlich und gefährlich wirkte. Auf der Karte war dieser Teil als Geisterschlucht eingetragen. Diese Geisterschlucht musste allerdings noch ein bisschen warten, denn ich hatte ja versprochen, am nächsten Tag nach Hause zu kommen.

Die Heimkehr

Ich hatte eigentlich vorgehabt, noch ein Stück Weg zu räumen, ehe ich mich am zehnten Tag auf den Heimweg machte, aber als ich kurz vor Sonnenaufgang aufwachte, regnete es. Auf diese Ausrede hatte ich nur gewartet, und ich beschloss, gleich nach Hause zu gehen. Und nachdem ich diesen Entschluss einmal gefasst hatte, staunte ich selbst darüber, wie versessen ich darauf war, endlich heimzukommen.

Ich verstaute meine Sachen unter der Plane, weil ich nur meinen Rucksack und den Beutel für die Lebensmittel mitnahm, und ging los. Einerseits fand ich, dass die Zeit gerast war – schon der zehnte Tag, schon Zeit für den Heimweg! –, aber andererseits kam es mir vor, als wäre ich monatelang weggewesen. Ich versuchte dauernd, mich daran zu erinnern, wie die andern aussahen, und mir vorzustellen, wie sie reagieren würden, wenn sie mich sahen. Bestimmt freuten sie sich alle, wenn sie mich gesund und wohlbehalten vor sich stehen sahen, nicht halb verhungert oder von einem Bären zerrupft.

Als ich mich einverstanden erklärt hatte, alle zehn Tage nach Hause zu kommen, hatte ich mir vorgestellt, ich würde hereinschneien, die anderen ein paar Minuten lang mit meiner Anwesenheit beglücken, neuen Proviant in meinen Beutel packen und dann schleunigst zu meinem Lagerplatz zurückkehren. Aber während ich nun stolz meinen Pfad entlangwanderte und die alte Eisenbahnlinie überquerte, dachte ich, vielleicht könnte ich ja auch den ganzen Tag zu Hause verbringen. Vielleicht sogar noch die ganze Nacht. Ich würde es tun, um meiner Familie einen Gefallen zu tun, damit sie sich nicht zurückgesetzt fühlten, wenn ich nur eine Stippvisite machte, und dachten, ich könnte es nicht bei ihnen aushalten. Aber im Grunde tat ich es mir zuliebe: Ich wollte bei den andern sein.

Kaum hatte ich beschlossen, die Nacht zu Hause zu bleiben, kamen mir schon die ersten Zweifel. Bestimmt dachten die andern dann, ich hätte Heimweh. Vielleicht waren sie ja froh, dass ich weg war! Vielleicht ärgerten sie sich, wenn ich auftauchte und allen wieder in die Quere kam.

Als ich zum Kinderzehenberg kam, sah ich jemanden vor mir auf dem Pfad. Es war Jake Boone, mit einem Rucksack über der Schulter. Er bog vom Pfad ab, um den Berg hinunterzugehen. Ich rief seinen Namen. Vor Schreck zuckte er richtig zusammen.

»Zinny! Was zum Teufel …?«

Beim Klang einer menschlichen Stimme wäre ich fast in Tränen ausgebrochen. »Darf ich fragen, was du hier oben verloren hast, Jake?«

»Oh, Mann …«

»Hast du mir nachspioniert?«

»Oh, Mann …«

»Du hast mir nachspioniert, stimmt's? Du hast mir die Tasse gebracht und die Seife und den Dosenöffner – hab ich Recht?« Alles kam völlig falsch aus meinem Mund heraus. Ich wollte nicht so klingen!

»Oh, Mann …«

»Kannst du eigentlich auch was anderes sagen als immer nur ›Oh, Mann‹? Was fällt dir überhaupt ein – wie kannst du's wagen, mir nachzuspionieren?«

»Oh, Ma – Zinny, ich finde nicht, dass ich dir nachspioniert habe. Ich hab auf dich aufgepasst –«

»Ich brauche aber keinen Aufpasser!« Warum sagte ich das? Ich freute mich ja einerseits, dass er mich beschützen wollte und dass er mir die Sachen gebracht hatte, die ich vergessen hatte – aber ein anderer Teil von mir plusterte sich auf wie eine Kröte. Ich wollte das alles ganz allein machen. Das musste so sein. Ich wusste auch nicht, warum, und deswegen reagierte ich umso giftiger. Also schimpfte ich weiter: »Und wohin wolltest du jetzt gerade abhauen?«

»Oh, Mann. Ich wollte einfach den Abhang runter. Das ist 'ne Abkürzung zu einem alten Feldweg, wo ich den Truck geparkt habe.«

»Also, dann hau ab. Es hält dich niemand fest.«

»Komm schon. Ich nehm dich mit.«

»Nein, danke. Ich nehme den Pfad. *Meinen* Pfad.«

»Du bist echt hart wie Granit, Zinny Taylor.« Dann hätte er mich fast umgeworfen, denn plötzlich zog er mich an sich. Wie groß er war! Ich konnte den Kieferndu‌ft seines Hemdes riechen und sah, dass kleine Schweißperlen seinen Hals hinunterliefen.

Mein Mund hielt endlich still. Ich wollte immer so dastehen und nie wieder ein Wort sagen. Die Zeit würde immer weiter gehen, immer weiter. Jake nahm mein Gesicht zwischen seine weichen Hände, beugte sich herunter und drückte mir einen Kuss auf den Mund. Direkt auf die Lippen! Ich wäre fast dahin geschmolzen. Aber bevor ich auch nur blinzeln konnte, ließ er mich los und sagte: »Dann kann ich ja auch was tun, was dich total in Rage bringt!« Ich stand wie versteinert da, und er fegte den Abhang hinunter.

Als ich wieder zu mir kam, war ich so durcheinander, dass ich überhaupt nicht wusste, was tun. »*Du Wurm!*«, schrie ich ihm hinterher. »Du – du – du *totaler Wurm*!« Manchmal bin ich wirklich saublöd. Er war überhaupt kein Wurm! Hoffentlich hatte er mich nicht gehört.

Ich überquerte den Kinderzehenberg und rannte den Weg hinunter, durch das Krähenloch und dann den ersten Teil des Maidengangs entlang. Aber als ich zu der eingezäunten Wiese kam, wo ich den Stacheldraht durchgeschnitten und die Steine verlegt hatte, ging es nicht mehr weiter. Jemand hatte den Stacheldraht repariert und ein Schild aufgehängt, auf dem stand:
BETRETEN VERBOTEN!
Die Steine lagen noch an Ort und Stelle, und es war weit und breit niemand zu sehen, kein Mensch, kein Tier. Meinen Drahtschneider hatte ich natürlich oben bei meinem Lagerplatz zurückgelassen, meilenweit von hier. Es war nicht besonders schwierig, durch den Zaun zu kommen. Ich musste nur die Drähte auseinander ziehen. Aber ich wollte das Problem grundsätzlich lösen. Der Stacheldraht musste weg! Betreten verboten? Die Besitzer der Wiese hatten offenbar keine Ahnung von öffentlichem Eigentum. Ich war mir nicht ganz sicher, ob es stimmte, dass der Pfad öffentliches Eigentum war, oder ob ich das erfunden hatte, aber irgendwie schien das keine Rolle mehr zu spielen.
Weiter unten sah ich noch einmal an der Stelle nach, wo ich das Medaillon gefunden und später den Ring vergraben hatte. Das Loch war immer noch leer.
Ich ging immer weiter bergab, und dann sah ich sie: die Farm, als wäre sie extra für mich dort aufgebaut worden. Die große, wunderschöne Scheune, mit dem komisch schiefen Tor. Das grüne Gras, die majestätischen Bäume. Das hübsche, hübsche Haus, das da allein auf der Lichtung stand, mit der hohen Eiche, die sich zu meinem Schlafzimmerfenster beugte. Es war ein toller Anblick, eine wunderbare Miniaturwelt.
Ich war früh dran, also ging ich zuerst noch zum Bach und schaute nach Jim. Ich sammelte ein paar Würmer, und tatsächlich tauchte auch schon Jim unter einem überhängenden Fels auf, als ahnte er etwas von meinem Geschenk. Prüfend reckte er

den Kopf in meine Richtung. Ich legte die Würmer auf ein Blatt und wartete. Zentimeter für Zentimeter kam Jim das Ufer hoch gekrabbelt, gefolgt von einer zweiten, etwas kleineren Schildkröte.

Dann ging ich zum Haus. Warum war ich plötzlich so aufgeregt? Wieso kam ich mir vor wie eine Fremde, die sich unbefugt Zutritt verschafft? Es war so still im Haus! Wurde ich erwartet? Hatten sie womöglich eine Überraschung für mich vorbereitet?

Ich ging über die Veranda in die Küche. Niemand war zu sehen. Kein Ton zu hören. Die Tür zu Onkel Nates Haus war geschlossen. Ich ging nach oben. Das Schlafzimmer meiner Eltern war leer. Die Zimmertür der Jungen stand offen, und als ich hineinschaute, sah ich, dass sie alle drei noch in ihren Betten lagen und fest schliefen. Verstellten sie sich etwa? Ich berührte Bens Fuß, der unter der Decke hervorlugte. Ben brummelte etwas und kickte nach mir, als wollte er eine Fliege verjagen. In meinem Zimmer schliefen nicht nur meine Schwestern, nein, es lag auch jemand in meinem Bett. Ich konnte einen zerzausten braunen Haarschopf auf meinem Kopfkissen sehen.

Das war nicht gerade der Empfang, den ich mir erhofft hatte!

Verflixt und zugenäht

Als ich mich zu Bonnie aufs Bett setzte, schlug sie die Augen auf, blinzelte verdutzt und sagte: »Oh, hallo!«

»Wo sind Mom und Dad?«, fragte ich.

»Was? Sind sie nicht da? Dad ist vielleicht bei der Arbeit. Er hatte irgendeinen Notfall oder was, glaube ich. Mom versorgt wahrscheinlich gerade Onkel Nate.«

»Warum?«

Sie gähnte. »Ich bin noch gar nicht richtig wach, Zinny. Weißt du denn nicht, was mit Onkel Nate passiert ist?«

»Woher soll ich es wissen?«

»Er hat sich verletzt – und rat mal, wie!«

Mir wurde ganz kalt vor Angst. »Wie denn?«

»Er hat Boogie-Woogie getanzt.«

»Ist er hier? Geht es ihm besser?«

»Klar ist er hier, Zinny. Er hat zu Dad gesagt, wenn er ins Krankenhaus muss, erschießt er sich vorher.«

»Ich muss ihn sehen!«, sagte ich. »Aber zuerst will ich wissen, wer in meinem Bett schläft!«

»Pssst! Du weckst sie noch auf. Das ist Junie.«

Ich hatte keine Ahnung, wer Junie war, aber sie schien sich in meinem Bett sehr wohl zu fühlen. Auf einmal hatte ich wieder ein ganz komisches Gefühl – vielleicht war es Zinny, die da in meinem Bett lag, und ich war jemand anderes. Mir lief es eiskalt über den Rücken.

Ich ging also wieder nach unten und zu Onkel Nate. Vorsichtig öffnete ich die Tür zu seinem Schlafzimmer. Mom döste in dem Sessel neben seinem Bett, und Onkel Nate lag hellwach auf dem Rücken und hielt seinen Stock in der Hand. Es gefiel mir gar nicht, dass er im Bett liegen musste!

»Pssst!«, machte er, aber Mom hatte mich schon gehört.

»Zinny!«, rief sie und sprang auf, um mich in die Arme zu nehmen. »Ich hab's doch gewusst, dass du es schaffst. Und ich hab gewusst, dass du heute heimkommst – genau wie du's versprochen hast. Du musst uns alles erzählen. Komm, setz dich hin. Bleibst du kurz hier bei Nate, während ich uns schnell was zum Frühstück mache?«

Ich stand reglos da, wie ein vertrockneter alter Baumstamm. Mom sah ganz anders aus als sonst! Hatte sie schon immer an den Schläfen kleine Locken gehabt? Und so viele Fältchen um die Augen?

An der Tür drehte sie sich noch einmal um und sah mich an. »Ich hab's gewusst, dass du es schaffst«, wiederholte sie. »Ich hab's gewusst.«

Ich setzte mich zu Onkel Nate auf den Bettrand. »Willst du aufstehen?«, fragte ich.

»Geht nicht.«

»Wie meinst du das?«

»Geht eben nicht!«

»Hast du dir das Bein gebrochen?«

»Verflixtes Bein. Verflixtes Herz. Verflixter Körper.«

»Was ist mit deinem Herz?«

»Das springt.«

Mom steckte den Kopf zur Tür herein. »Er darf sich nicht aufregen, Zinny. Du musst ganz vorsichtig mit ihm sein. Bleib einfach nur hier sitzen. Ich bin gleich wieder da.«

»Schneckchen«, flüsterte Onkel Nate und winkte mich zu sich.

»Was ist?«

»Eigentlich müsste ich tot sein.«
»Sag so was nicht! Du wirst wieder gesund. Ganz bestimmt!«
»Ich kann nicht laufen.« Er schlug sich die Hände vors Gesicht.
Irgendetwas in mir zersprang in tausend Stücke.
Als Mom zurückkam, ging ich auf die vordere Veranda, setzte mich in die Gartenschaukel und schaute ganz lange auf die Esche. Warum wurden die Menschen alt? Warum wurden sie krank? Warum konnte die Hand Gottes nichts gegen den Keuchhusten tun? Warum konnte sie nicht eine Frau aus einer Schublade herausholen? Warum konnte sie Onkel Nate nicht wieder gesund machen? Ich konnte das nicht ertragen. Ich wollte Antworten auf meine Fragen, und zwar *sofort*!

*

Es war ein komischer Tag. Zuerst hatte ich das Gefühl, als käme ich von einem andern Stern und wäre gerade im Paradies gelandet. Die normalsten Dinge brachten mich zum Staunen. Fließendes Wasser – was für ein Wunder! Toiletten! Milch! Eier! Toast! Fernsehen! Strom! Und es war so wunderbar, Stimmen zu hören. Und wenn jemand lachte, dachte ich: *Was für ein perfektes Geräusch das doch ist!*
Sam rannte aus dem Zimmer und kam gleich darauf mit Ben zurück. »Siehst du?«, sagte Sam. »Ich hab dir's doch gesagt, sie weint.«
»Zinny?«, sagte Ben. Er kam mit seinem Gesicht ganz nah an mich heran. »Du weinst ja!«
Wie schön sein Gesicht war! Alles an diesem Gesicht erschien mir perfekt.
Zwar machte meine Familie nicht so viel Theater um meine Rückkehr, wie ich gehofft hatte, aber ein *bisschen* Theater machten sie immerhin, als sie, einer nach dem andern, merkten, dass ich wieder da war. Und schließlich fragten sie alle: »Wie ist es

denn da oben, wenn du im Freien übernachtest und überhaupt?«

Mein Kopf war voll gestopft mit Sachen, die ich gern erzählen wollte, aber dann bat mich Will um die Milch, und Gretchen sagte: »Na ja, wenigstens musst du nicht im Haushalt helfen!«, und dann mischte Sam sich ein, und alle meine Gedanken gingen im Klappern des Geschirrs und in dem Geschimpfe unter (»Ben hat mir mein Hemd weggenommen – sag ihm, er muss es mir zurückgeben!«)

Meine Mutter und Ben interessierten sich am stärksten für mein Vorhaben. »Es ist wirklich toll, was du machst, Zinny«, sagte meine Mutter. »Einfach toll! Du müsstest hören, was dein Dad immer erzählt – dass du schon so weit vorangekommen bist! Es macht ihm unheimlich Spass, von der Luft aus deine Fortschritte zu verfolgen.«

»Uuuuh!«, sagte Bonnie. »Ich könnte nie die ganze Nacht draußen sein.« Sie schüttelte sich. »Das wär mir viel zu unheimlich.«

»Und sieh dich nur an!«, sagte Mom. »Du siehst so munter und gesund aus. Sehr gut, Zinny, wirklich sehr gut!«

Sehr gut. Dieses Lob hatte eine merkwürdige Wirkung auf mich. Hatte ich etwas gemacht, was gut war, und hatte ich es gut gemacht? Oder war mir etwas Gutes widerfahren? Immer wieder ging es mir durch den Kopf: *Sehr gut.*

»Hast du schon ’ne Schlange gesehen?«, wollte Ben wissen, und als ich nein sagte, schien er richtig enttäuscht.

»Willst du mal mitkommen, Ben?« War das wirklich ich, die diese Frage stellte? Fragte ich tatsächlich jemanden, ob er mich begleiten wollte?

Ben überlegte kurz. »Vielleicht später mal.«

»Angst vor Schlangen?«, fragte Bonnie.

»Nein, nicht deswegen«, sagte Ben. »Ich muss auf mein Beet aufpassen.«

Ich wollte ihnen alles erzählen – vom Licht und von der Dunkelheit und von der Zeit und den Lebewesen und dem Fuchs mit dem scharfen Blick und von den Schatten und dass ich den Zug pfeifen hörte und immer an die Farm denken musste. Ich wollte ihnen vom Maidengang erzählen und vom Kinderzehenberg und vom Krähenloch, aber ich wusste nicht, wie ich das alles beschreiben sollte. Außerdem waren sie nicht daran gewöhnt, dass ich viel redete, und nach ein paar Stunden verfiel ich wieder in die alte Rolle der stummen Zinny.

Während der zweiten Hälfte des Tages wurde ich nervös und gereizt. Im Haus fühlte ich mich wie ein eingesperrtes Tier, also floh ich auf die Veranda und in den Garten, um frische Luft zu schnappen. Der Klang menschlicher Stimmen nervte mich jetzt – dieses pausenlose Geplapper, das Gelächter, das Geschrei. Die anderen Geräusche störten mich auch: Stühle, die über den Boden schrappten, das Piepen des Computers, das klappernde Geschirr, die dumpfen Schritte im oberen Stockwerk, das Türenknallen, das Klingeln des Telefons, die wummernde Musik.

Einmal, als Ben, Sam und Bonnie alle drei gleichzeitig redeten und May oben herumschrie, ihre Bürste sei verschwunden, floh ich hinaus zu den Beeten. Bens Bohnenstauden standen makellos aufgereiht, wie strammstehende Soldaten, und die blassen Bohnen hingen herunter wie schlaffe Finger.

Ich hatte fast Angst davor, mein eigenes Beet zu sehen, weil ich so ein schlechtes Gewissen hatte. Den ganzen Sommer über hatte ich mich nicht darum gekümmert. Bestimmt war es mit Unkraut überwuchert, und das Unkraut hatte die Tomaten und die Zinnien erstickt. *Falsch!* Die Tomaten waren fest und grün, gut festgebunden, kein Unkraut, keine Schädlinge, und alles umrahmt von gesunden Zinnien, die wunderschön blühten.

Jemand hatte meinen Garten versorgt, und eigentlich hätte mich das freuen müssen, aber ich war so komischer Laune, dass es

mich ärgerte. Jemand hatte sich eingemischt, jemand hatte mir meinen Garten weggenommen, so wie mir jemand mein Bett weggenommen hatte.
Muffig marschierte ich ins Haus zurück und stopfte meinen Rucksack voll: frische Klamotten, Zahnpasta, Zinniensamen. Ich stellte eine neue Liste mit Lebensmitteln auf, kramte in meinem Schrank, wo ich mein Geld versteckt hatte, und machte mich auf den Weg zu Mrs Flints Laden.

Ein toller Schlitten

Als ich vom Kiesweg in die Straße einbog, hielt neben mir ein knallroter Cabrio. »Hey, Zinny!« *Oh, diese Stimme!* Es war Jake, braungebrannt und sauber, in einem weißen T-Shirt und Bluejeans, die Haare mit Gel frisiert. Ich konnte ihn nicht ansehen. Ich traute mich nicht! Also ging ich einfach weiter. Der Wagen fuhr im Schritttempo neben mir her. »Zinny – warte doch! Wohin gehst du?«

»Zu Mrs Flint.«

»In den Laden? Komm, steig ein, ich nehm dich mit.« Er fuhr an den Straßenrand, sprang aus dem Wagen und hielt mir die Beifahrertür auf. »Komm schon. Es ist doch heißer als in der Wüste. Du musst deine Füße schonen.«

Meine Füße mussten zwar nicht geschont werden, aber ich stieg trotzdem ein. Jetzt kommt's, dachte ich. Gleich weiß ich, ob Jake mich mag oder nicht – er muss mir noch ein Zeichen geben. Mein Herz sagte: *Natürlich mag er dich – der Kuss! Der Kuss!* Aber komischerweise entgegnete mein Kopf: *Der Herr hat's gegeben, der Herr hat's genommen.* Es war, als müsste gleich eine Hand vom Himmel herunterkommen und Jake aus dem Fahrersitz heben.

»Toller Schlitten – findest du nicht auch?«, sagte er und strich mit der Hand über das Armaturenbrett.

Ich hielt mich am Türgriff fest und schaute stur nach vorn auf die Straße. Aber ich musste mir Mühe geben, meine Stimme ruhig zu halten. »Wo hast du ihn her?«

»Echt ’n toller Schlitten«, wiederholte er, ohne auf meine Frage einzugehen. »Ich weiß doch, du kannst Trucks nicht leiden, aber wie findest du diese Karre? Ist doch echt ein toller Schlitten, oder?«

Versuch, ganz normal zu reden, Zinny. Versuch, so normal und so stur wie immer zu klingen. »Ja, wirklich ’n toller Schlitten. Wo hast du ihn her?«

»Du kommst echt gut voran mit deinem Pfad, finde ich.«

»Da sagst du mir nichts Neues. Aber ich wüsste gern, wo du den Wagen her hast.«

Etwa fünfzig Meter vor Mrs Flints Laden fuhr er an den Straßenrand. »Hör zu«, sagte er. »Ich hab momentan keine Lust, Mrs Flint zu begegnen. Ich wart lieber hier auf dich, okay?«

Ich wartete kurz, weil ich wieder mit einem Kuss rechnete oder mit irgendeiner Liebeserklärung, aber er schaute nur die Straße rauf und runter und würdigte mich keines Blicks. Ich stieg aus und knallte die Tür zu. So viel zum Thema Leidenschaft!

In einer Beziehung hatte er allerdings Recht – der Wagen war toll.

*

»Gute Güte!«, rief Mrs Flint, als ich meine Verpflegung neben die Kasse stellte. »Du bist doch diejenige von den Taylors, die den Pfad räumt oder was – stimmt’s? Du heißt …«

»Zinny.«

»Genau. Zinny.« In dem Moment klingelte das Telefon. Mrs Flint klang ziemlich aufgebracht. »Ich habe nicht die geringste Ahnung«, beschwerte sie sich bei dem Anrufer. »Demnächst gebe ich die Hoffnung auf. Dieser Junge kommt dauernd zu spät und abends will er nicht arbeiten, und wenn er morgens kommt, sieht er aus wie ein Gespenst. Ich hab seiner Mutter ein paar Lichter aufgesteckt, als sie gestern hier war. Sie weiß auch nicht mehr, was sie mit ihm anstellen soll. Meistens kommt er abends gar nicht nach Hause, und er erzählt ihr nicht, wo er war, und sie denkt, dass er irgendwelchen Unsinn anstellt und –« Sie unterbrach sich. »Ich ruf dich gleich wieder an. Ich hab nämlich Kundschaft.«

Tja. Jake war also oben am Pfad gewesen und hatte nachts immer auf mich aufgepasst. Die Mühe würde er sich doch bestimmt nicht machen, wenn er sich für May interessieren würde und nicht für mich!

Der Sheriff kam herein. »Hallo!«, sagte er zu Mrs Flint. »Hallo – welche bist du –?«

»Zinny.«

»Zinny? Bist du nicht die mit dem Pfad? Hab gehört, wie dein Vater drüber redet. Pass ja gut auf dich auf da oben.«

»Mach ich.«

»Ich nehm einen von den Schokoriegeln«, sagte er zu Mrs Flint. »Und ein rotes Wassereis.«

»Wohin des Wegs?«, erkundigte sich Mrs Flint.

»Ich muss rauf zu den Fosters. Die sind völlig außer sich.«

»Hoffentlich nicht schon wieder was mit ihrer Kuh!?«

»Nein – jetzt geht's irgendwie um ein gestohlenes Auto. Ich hab's nicht ganz kapiert – Betty war richtig hysterisch. Sie wissen ja, wie sie ist.«

Ich zwängte mich mit meinen Lebensmitteltüten irgendwie aus der Tür und war nicht besonders überrascht, als ich feststellte, dass Jake und sein Schlitten verschwunden waren. Automatisch schaute ich zum Himmel hinauf – vielleicht war ja doch irgendwo noch die große Hand zu sehen, die gerade wieder hinter den Wolken verschwand.

Die alte Frau

Ich schleppte mich mühsam nach Hause, mit Lebensmitteln und mit Sorgen beladen. Der Anblick meines Schattens machte mir Angst – war das wirklich ich, diese gekrümmte Gestalt, die da die Straße entlang kroch? *Wusch!* Aus dem unzugänglichen Bereich meines Gehirns tauchte plötzlich wieder eine Erinnerung an Rose auf.

*

Nachdem uns einmal Moms Großtante besucht hatte, machte Rose etwas sehr Lustiges: Sie humpelte ganz buckelig durchs Haus und ließ ihr Gesicht zu einer kleinen Dörrpflaume zusammenschrumpeln.

»Rose ist 'ne alte Frau«, sagte Tante Jessie.

Ich spielte mit. Wenn die Leute sagten: »Rose und Zinny – macht mal die alte Frau«, verwandelten wir uns augenblicklich in zwei winzige alte Damen und wackelten mit verzerrten Gesichtern durchs Haus. Tante Jessie klatschte dann immer amüsiert in die Hände, warf den Kopf zurück und wollte sich schieflachen.

Nicht lang nach Roses Tod sprang ich eines Morgens von meinem Stuhl herunter und machte die alte Frau. Ich dachte, damit könnte ich Tante Jessie, die so verloren auf ihrem Sofa saß, vielleicht ein bisschen aufheitern. Aber sie lachte nicht. Stattdessen sagte sie: »Rose wird nie eine alte Frau sein.«

Ich machte nie wieder die alte Frau.

Als ich mit meinen Tüten voller Lebensmittel die Straße entlangkroch, dachte ich an das, was Tante Jessie gesagt hatte. Rose würde nie eine alte Frau sein. Sie würde immer vier Jahre alt bleiben, süß und ganz und gar unschuldig, und ich beneidete sie.

Sogar ein Affe …

Zweimal fielen mir auf dem Heimweg die Lebensmittel auf den Boden, und weil eine der Tüten platzte, musste ich den Inhalt in die anderen beiden umladen. Als ich in unseren Kiesweg einbog, raste Jake in dem roten Cabrio an mir vorbei. Ein Stückchen weiter hupte er, bremste abrupt, fuhr dann aber doch wieder los. Gleich darauf brauste der Wagen des Sheriffs vorbei, in dieselbe Richtung, mit blinkenden Warnlichtern.

Diesmal war Jake zu weit gegangen. Hoffentlich wurde er nicht verhaftet! Sonst schob er womöglich alles auf mich. Vielleicht erzählte er dem Sheriff dann, er habe mir imponieren wollen, und ich hätte mich so abweisend verhalten.

Jakes Diebstähle machten mir Angst. Sie brachten mich völlig aus dem Konzept. Wenn jemand anderes etwas gestohlen hätte, wäre mir absolut klar gewesen, dass es falsch, falsch, falsch war. Aber bei Jake fielen mir dauernd irgendwelche Ausreden ein. Vielleicht hatte er gedacht, dass Bingo bei den Butlers misshandelt wurde? Es konnte doch sein, dass er Bingo retten wollte. Vielleicht hatte er den Ring seiner Mutter nur geborgt. Vielleicht hatte er den Wagen auch nur geborgt!

Diese Entschuldigungen überzeugten mich allerdings nicht. Vielleicht konnte er einfach nicht anders. Vielleicht war er einfach ein großzügiger, freigiebiger Mensch, der anderen gern eine Freude machte. Vielleicht liebte er mich so sehr, dass er den Verstand verloren hatte.

Meine Verwirrung wurde immer größer. Es imponierte mir, dass jemand meinetwegen solche Sachen machte. Und dann hatte ich ein schlechtes Gewissen, weil ich dachte, es könnte meine Schuld sein, dass Jake solche Sachen machte. Und dann hatte ich Angst, Jake könnte etwas zustoßen, und dann bekam ich erst recht ein schlechtes Gewissen. Dann überlegte ich mir, warum ich so viel an Jake dachte und ob ich ihn überhaupt mochte und wenn ja, warum? Und dann wurde ich sauer, weil er mich so durcheinander brachte.

*

Zu Hause fragte Mom: »Packst du schon wieder deine Sachen?«

»Ja.«

»Du fehlst uns, Zinny –«

Von oben war ein lautes Krachen zu hören, gefolgt von Sams jammerndem: »Mom …« Sie rannte nach oben.

»Du schläfst doch nicht hier, oder?«, wollte Bonnie wissen.

»Nein.«

»Ich möchte schon gern, dass du hier bleibst, Zinny – es ist nur so, dass Junie bei uns übernachtet, und da hab ich gehofft, dass sie dein Bett nehmen kann –«

»In Ordnung.«

Als Mom wieder herunterkam, sagte sie: »Du musst unbedingt bleiben, bis dein Vater nach Hause kommt. Und ich hab gehofft, du würdest uns heute Nacht ein bisschen mit Onkel Nate helfen …«

»Heute Nacht?«

»Dein Vater und ich haben uns immer abgewechselt und die ganzen Nächte bei ihm gewacht. Aber jetzt sind wir beide unheimlich erschöpft – wir können uns kaum noch auf den Beinen halten. Vielleicht könntest du heute Nacht die Schicht übernehmen.«

»Was ist mit May oder mit Gretchen oder –«
»Die können das nicht. Sie würden einschlafen und nichts mehr mitkriegen – selbst wenn ein Elefant durchs Fenster krachen würde.«
»Und was ist mit Bonnie?«
»Bonnie hat Besuch von Junie.«
»Und die Jungen?«
»Die sind noch zu klein. Würdest du es tun?«
Ich hatte keine Lust, bei Onkel Nate zu wachen. Ich wollte ihn nicht in diesem Zustand sehen. Aber ich sagte ja. »Okay. Aber ich gehe morgen ganz früh los«, sagte ich.

*

In Onkel Nates Zimmer kuschelte ich mich in den Sessel. Onkel Nate schlief, aber den Stock hielt er immer noch in der Hand. An der Wand neben dem Bett hing ein gerahmtes Wandbild, das Tante Jessie gestickt hatte. Oben stand mit blauen Buchstaben: *Sogar ein Affe fällt manchmal vom Baum.* Auf dem Bild darunter war ein Affe zu sehen, der von einer Palme purzelte. Ich hatte mich immer gefragt, was mit dem Affen los war – er machte ein total verdutztes Gesicht, während er da in der Luft schwebte und nie unten ankam. Ich hatte mir immer gewünscht, er könnte auf den Baum zurückspringen und sich in Sicherheit bringen. Ich wollte nicht, dass er zerschmettert auf dem Boden landete.
Im Spiegelrahmen über der Kommode steckte das »Beweisfoto«. Onkel Nates Kamera lag auf der Kommode. Wo waren Tante Jessies Cremes und Parfums? Wo war ihr Handspiegel?
Ihre Sachen verschwanden nach und nach, genau wie die von Rose damals. Nirgends war etwas zu sehen, was an die kleine Rose erinnerte. Ich hatte das schon immer traurig gefunden, dass die kleine Rose so ganz aus dem Leben ihrer Eltern ausradiert worden war.

Wusch! Da kamen zwei Puppen angeflogen, die Tante Jessie für mich und Rose gemacht hatte, als wir drei Jahre alt waren. Lebensgroße Puppen (so groß wie dreijährige Kinder), weich und beweglich, Puppen, die unsere Kleider anziehen konnten. Roses Puppe hatte weiche gelbe Haare gehabt, meine dunkle. Was war mit diesen Puppen passiert? Ich hätte sie so gern wieder gesehen!

Plötzlich packte mich der Wunsch, in die unterste Schublade der Kommode zu schauen. Auf Zehenspitzen ging ich durchs Zimmer.

Der Hochzeitsquilt, diese wunderschöne Flickendecke, füllte fast die ganze Schublade aus. Ich strich vorsichtig darüber, um sicher zu gehen, dass keine Leiche darin eingewickelt war. Auf der einen Seite, teilweise von der Decke versteckt, stand eine viereckige schwarze Schachtel. Onkel Nate gab ein überraschendes Schnarchgeräusch von sich. Ich zuckte zusammen und schob die Schublade schnell wieder zu.

Dann suchte ich in dem rosaroten Badezimmer überall nach dem Schlüssel für die verschlossene Schränkchenschublade. Ich fuhr mit der Hand über den Fensterrahmen, durchsuchte die anderen Schubladen und öffnete jede Flasche, jedes Glas auf dem Regal. Kein Schlüssel.

Ich ging zurück in Onkel Nates Schlafzimmer und schaute aus dem Fenster. Vielleicht hatten Onkel Nate und Tante Jessie mich als Ersatz für Rose genommen. Konnte es denn sein, dass Onkel Nate eines Tages Tante Jessie durch eine andere Frau ersetzen würde?

Da hörte ich die Grille. Automatisch zählte ich mit, wie oft sie zirpte, und folgte gleichzeitig dem Sekundenzeiger auf Onkel Nates Wecker. Fünfundzwanzig Grad hatte es draußen.

Onkel Nate schreckte hoch und rief: »Rose?«

»Nein, ich bin's, Zinny.

Er sah mich lange an. »Ich hab's gewusst«, sagte er schließlich.
»Onkel Nate, weißt du vielleicht irgendetwas über dieses Medaillon?«
»Über welches Medaillon?«
Während ich versuchte, es zu beschreiben, zupfte er unruhig an der Bettdecke herum. »Ich will nichts davon hören«, sagte er. »Hör bitte auf.«
»Warum? Hast du 'ne Ahnung, wo es ist?«
»Ich will nicht drüber reden.«
Ich musterte ihn prüfend. Er sah richtig ängstlich aus. Als hätte er ein schlechtes Gewissen. »Hast du es weggenommen?«
»Ach, Quatsch! Hör auf. Mein Herz springt.«
Aber ich war jetzt *Zinny Taylor: Privatdetektivin*, und nichts auf der Welt konnte mich bremsen. Ich war erbarmungslos.
»Wo bist du bei deinen Bergwanderungen eigentlich immer hingegangen? Hast du irgendjemand getroffen?«
Er umklammerte seinen Stock und fuchtelte damit herum. »Hör auf! Hör auf!«
Ich war so wütend, dass es mir richtig Angst machte. Ich ging aus dem Zimmer und wanderte den Flur auf und ab, auf und ab. Ich wollte doch Onkel Nate nicht hassen! Ich liebte ihn wie meinen eigenen Vater. Sogar noch mehr. Ich liebte ihn mehr als meinen Vater.
Was für ein Gedanke! Er durchschoss mich wie hundert kleine Blitze. Ich kannte Onkel Nate besser als meinen Vater, und ich hatte Tante Jessie besser gekannt als meine eigene Mutter.
Als ich einen Blick ins Zimmer warf, schien Onkel Nate wieder eingeschlafen zu sein. Ich öffnete die Schublade und holte die schwarze Schachtel heraus. Darin befand sich – *aha!* – das Medaillon. Und ein Schlüssel.
Der Schlüssel passte in die Schublade im Badezimmer. Ich kann nicht genau sagen, was ich erwartet hatte – aber was ich da fand,

verblüffte mich ziemlich. In der Schublade befand sich ein fast voller Karton mit Spritzen und daneben eine Broschüre über Insulin. Zwar hatte Tante Jessie immer von ihrem »Zucker« gesprochen, aber ich hatte keine Ahnung gehabt, dass sie Insulin spritzte.

Aber da war noch mehr in der Schublade versteckt, unter den Spritzen. In einer pinkfarbenen herzförmigen Schachtel war ein Amulett mit einer Haarlocke. Unter dieser Schachtel lag eine zusammengefaltete Kinderzeichnung: eine Frau aus Strichen und darunter stand in krakeligen Buchstaben: M-O-M.

Ich berührte die Locke und strich mit dem Finger über die Zeichnung. Es waren Roses Haare. Roses Zeichnung. Aber es störte mich trotzdem, dass das *alles* sein sollte, was Tante Jessie zur Erinnerung an Rose aufbewahrt hatte. Und dass sie die Sachen in die Badezimmerschublade eingeschlossen hatte.

*

Onkel Nate brummelte im Schlaf. Einmal sagte er: »Vergrab's« und dann: »Rotvögelchen!« Am schlimmsten fand ich es allerdings, dass er immer wieder schimpfte: »Lasst mich hier raus! Lasst mich hier raus!«

Ich konnte es nicht mehr aushalten. Seine Beine zuckten unter der Decke. Schweißtropfen liefen ihm über die Stirn. Mit einem kühlen Waschlappen wischte ich ihm übers Gesicht, und als ich sein Kissen aufschütteln wollte, fand ich darunter ein weiches Stück Stoff. Es war Tante Jessies Stickbild mit den Hyazinthen! Das Tuch, das ich ihr in den Sarg gelegt hatte! Da waren die Hyazinthen, das Brot und die Hand, die aus dem Himmel kam.

Mich gruselte richtig. Wie war diese Stickerei aus dem Sarg unter Onkel Nates Kopfkissen gekommen?

»Rotvögelchen! Rotvögelchen!«, rief er.

Ich hielt das Kissen in der Hand und blickte auf sein verzerrtes

Gesicht hinunter. Ich weiß nicht, was über mich kam. Ich war jemand anderes. Ich war Gott. Ich legte das Kissen auf sein Gesicht, um es nicht mehr sehen zu müssen. Ich drückte. Ich drückte fest.

Fort!

Als ich am nächsten Morgen ganz früh den Pfad hinauflief, brachte ich es nicht über mich, zum Haus und zur Farm zurückzublicken. Wenn ich auch nur einen einzigen Blick wagen würde, dann würde ich womöglich aufgesogen und festgehalten.

Ich musste dauernd an den Augenblick denken, als ich das Kissen auf Onkel Nates Gesicht gedrückt hatte. Ich war so voller Liebe gewesen. Und so voller Hass. Ich wollte nicht, dass er krank war und in sein Zimmer eingesperrt. Ich hasste den Gedanken, er könnte Tante Jessie vielleicht durch eine andere Frau ersetzen. Ich hasste mich selbst für diesen Gedanken. Und gleichzeitig empfand ich eine so tiefe Liebe zu Onkel Nate, zu meinem Onkel Nate, der keiner Fliege etwas zu Leide tun würde, der Tante Jessie so schrecklich vermisste und unbedingt mit ihr zusammen sein wollte.

Als ich ihm das Kissen aufs Gesicht presste, dachte ich: *Fang sie, mach schon, fang sie!*

Seine Hände griffen in die Luft, packten mein Handgelenk und drückten es. Ich schaute auf meine Hände. Es waren *meine* Hände, nicht Gottes Hände. Rasch nahm ich das Kissen von Onkel Nates Gesicht.

Er sah mich an, und sein Blick erinnerte mich an die Knopfaugen des Salamanders und die wissenden Augen des Fuchses. Ich schüttelte das Kissen auf und stopfte es ihm unter den Kopf. Dann faltete ich Tante Jessies Stickerei zusammen und schob sie wieder unter das Kissen. Onkel Nate beobachtete mich die ganze

Zeit. Ich setzte mich in den Sessel neben seinem Bett und hielt die ganze Nacht seine Hand. Wir sagten beide kein Wort.

Als ich Mom in der Küche herumwirtschaften hörte, nahm ich Onkel Nates Kamera, stopfte sie in meinen Rucksack und nahm meine Lebensmittel.

»Du bist früh dran«, sagte Mom. »Willst du schon los?«

»Ja.«

»Wie hat Onkel Nate geschlafen?«

»Gut«, log ich.

»Zinny, ich möchte dich was fragen.«

Ich fuhr zusammen. Irgendwie hatte ich Angst, sie könnte wissen, was ich getan hatte.

»Könntest du schon nächsten Samstag wiederkommen – und nicht erst in zehn Tagen?«

»Warum?«

»Wir gehen alle nach Chocton in den Zirkus.«

»Ich will nicht mit«, sagte ich.

»Wirklich nicht? Wir gehen alle!«

»Und Onkel Nate?«, fragte ich.

»Oh. Du hast Recht. Tja, also – wenn du nicht mitkommen möchtest, vielleicht könntest du dann nach Hause kommen und auf ihn aufpassen? Ginge das, Zinny? Was meinst du? Stimmt irgendwas nicht?«

»Nein, nein, alles okay.«

»Bist du traurig wegen Onkel Nate?«

Ich konnte nicht antworten. Am liebsten hätte ich ihr alles erzählt – aber in meinem Kopf verwickelte sich alles, wie in einem riesigen Spagettitopf. Onkel Nate und Jake und Rose und Jessie und der Ring und das Medaillon und der Pfad – alles war zu einem riesigen Mischmasch aus Schuldgefühlen verwurstelt, und ich sehnte mich danach, jemand anderem den ganzen Topf in den Schoß zu kippen. Wenn ich doch wegen Rose und Tante Jessie und Onkel Nate endlich kein schlechtes Gewissen mehr haben müsste! Ich hätte so gern kapiert, was Jake machte und warum er es machte – und ich wollte mich nicht mehr schuldig fühlen, weil er klaute.

Stattdessen kam ich mir vor wie der Affe auf Tante Jessies Wandbild: Ich war wie erstarrt und fiel immer tiefer, immer tiefer.

Warum konnte ich nicht so sein wie Sam, der in seiner Suppe rührte und sagte: »Ich kann nichts dafür!« Oder wie die kleine Rose, die bis in alle Ewigkeit die alte Frau *spielen* würde, ohne je eine zu *werden* und die für immer in Tante Jessies Einkaufstasche saß und sie zum Lachen brachte.

All das hätte ich meiner Mutter gern erzählt, aber stattdessen kam nur ein leises Stimmchen aus meinem Mund und sagte, ja, ich sei einverstanden, schon nächsten Samstag zurückzukommen und auf Onkel Nate aufzupassen.

»Das ist sehr nett von dir, Zinny.« Mom half mir, meinen Rucksack festzuschnallen. Dann fragte sie: »Hast du dich schon von ihm verabschiedet?«

Nein!, hätte ich fast geschrien. *Das kann ich nicht, und ich will es auch nicht!* Aber meine Beine trugen mich brav zu seinem Zimmer, meine Hand öffnete die Tür, und als ich mich zu ihm hinunterbeugte, um auf Wiedersehen zu sagen, flüsterte er: »Nimm mich mit hinauf zu deinem Pfad, Zinny. Nimm mich mit!«

»Ich kann nicht … du kannst nicht –«

»Bitte, Schneckchen«, flehte er.

»Ich kann nicht. Sieh doch nur …«

Er drückte meine Finger auf seine Lippen. *La-di-da-dah …*

Ich konnte nichts sagen. Ich lief weg.

*

Es nieselte, als ich den Pfad hinaufging, und auf den Steinen glänzte eine nasse Silberschicht. Die Feuchtigkeit kühlte mein

Gesicht, und im Gehen verstreute ich hemmungslos Zinniensamen, krummbuckelig wie die alte Frau und besessen davon, meinen Pfad endlich abzuschließen.
Ohne es richtig zu merken, war ich von dem Pfad abgekommen und zu der Stelle gegangen, wo das Medaillon vergraben gewesen war. Mir war ganz beklommen zumute. Da flackerte etwas in meinem Gedächtnis auf, wie wenn einem ein Traum wieder einfällt, und ich sah mich, wie ich durch den Wald rannte, weg, nur weg, und wie ich dann an dieser Stelle kniete.
Ich ging zum Pfad zurück und stapfte weiter. Als ich die dunkle Welt des Maidengangs betrat, dachte ich: *Jetzt werde ich in eine dunkle Höhle gezerrt, hilflos und in Ketten.* Aber ich wollte nicht schreien, mich nicht wehren. *Nehmt mich mit*, flehte ich. *Schafft mich endlich weg.*
Die helle Wiese brachte mir eine gewisse Erleichterung. Als ich zu dem Stacheldrahtzaun kam, mit dem neuen BETRETEN-VERBOTEN-Schild, sah ich, dass die Wiese nicht leer war. Da drüben graste eine kastanienbraune Stute. Willow! Sals Pferd Willow! Ich schob meinen Beutel mit den Esssachen und meinen Rucksack durch den Zaun, dann kletterte ich selbst hinterher. Willow scharrte und warf ihre Mähne. Sie hatte mich erkannt! Mit langsamen Schritten näherte ich mich ihr. Ich holte einen Apfel aus meinem Beutel und hielt ihn ihr hin. Sie wich ein Stück zurück, warf den Kopf in den Nacken und schlug mit ihrem dunklen Schwanz. Dann kam sie auf mich zu und rieb ihr Gesicht an meinem Arm.
»Sal fehlt dir, stimmt's?«, sagte ich und tätschelte sie. »Sie fehlt dir ganz furchtbar, stimmt's?« Willow war wunderschön. Ich hätte jetzt zu meinem Lagerplatz hinaufrennen, meinen Drahtschneider holen und sie dann einfach mitnehmen können. Dann hätte ich ein Pferd, und ich könnte den Pfad entlang reiten.
Wie egoistisch, Zinny! Diebin!

Als ich durch die andere Seite des Zauns kletterte, trabte Willow aufgeregt auf der Wiese hin und her. Sie schaute mir lange nach, als ich den Weg hinaufrannte.

Verängstigt legte ich den Rest des Maidengangs zurück und war richtig erstaunt, als ich die Strecke unbeschadet hinter mich gebracht hatte. Schuldbeladen. Zentnerschwer. *Wenn du jemanden liebst und er ist krank, wie kannst du ihm helfen?* Hinunter zum Krähenloch. Aber die Krähen waren so stumm, dass es richtig unheimlich wirkte. *Wenn du jemanden liebst und er will sterben, was kannst du dann tun?*

Ich überquerte den Kinderzehenberg, den Blick immer himmelwärts gerichtet, um ja keine Zehen von toten Babys sehen zu müssen. *Wenn du etwas Schlimmes getan hast, wie kannst du es wieder gutmachen?*

Über die Eisenbahnschienen, an den Baumstümpfen vorbei, weiter bis zum Schlafenden Bären.

Als ich endlich an meiner Lagerstelle angekommen war, die inzwischen etwa zwanzig Kilometer vom Anfang des Pfads entfernt war, regnete es in Strömen. Ein Hundewetter. Ich kroch unter die Plane und horchte auf den Regen, der gegen die Blätter über mir prasselte und dann auf die Plane aufschlug. Der Wind sauste durch die Berge und hätte fast die Plane aus ihrer Vertäuung gerissen.

Entdeckt

Das leise Klagen der Zugpfeife weckte mich acht Stunden später. Es regnete immer noch, und inzwischen war es sowieso zu spät, um noch am Pfad zu arbeiten. Ich beschloss, stattdessen mein Lager ein Stück weiter zu tragen, bis zu dem Wäldchen mit den Lärchen, wo ich zuletzt gearbeitet hatte, ganz in der Nähe der Geisterschlucht, wohin ich bei meiner nächsten Etappe kommen würde.

Das Lärchenwäldchen war sehr angenehm. Die Zweige über mir bildeten einen dichten Baldachin und schützten mich gegen den Regen, der Boden war ein weicher, moosiger Teppich, und es ging sanft bergauf. Als ich alles aufgebaut hatte, suchte ich im Unterholz nach trockenen Zweigen und machte ein kleines Feuer. Dabei dachte ich die ganze Zeit an Onkel Nate, der wie ein Gefangener in seinem Bett lag.

Wenn Onkel Nate sich tatsächlich hier in den Bergen mit einer Frau traf, dann war vielleicht die Stelle, wo das Medaillon und der Ring vergraben gewesen waren, ihr heimlicher Treffpunkt.

Nein! Es gab keine andere Frau!

Ich suchte nach einem Baum, auf den ich klettern konnte, und entschied mich für eine Eiche mit dicken Ästen. Auf einem hohen Ast setzte ich mich hin. Ich hatte einen weiten Ausblick über die unter mir liegenden Berge, die weiten Grasflächen mit den kleinen Lärchenwäldchen, bis zu einer Farm ganz, ganz weit hinten.

Ein keuchender Windstoß erinnerte mich an die kleine Rose. Ich hörte sie keuchen, keuchen, nach Luft ringen, oder war ich selbst das, die da keuchte? War es mein eigenes Japsen? Wie still es gewesen war, als es aufhörte.

Ein Vogel landete auf einem Baum in der Nähe und schnappte sich eine Raupe. Und was hatte die Raupe heute morgen verspeist?

Bei wem hatte ich mich mit dem Keuchhusten angesteckt? Man hätte denken sollen, dass ich mir diese Frage in all den Jahren schon einmal gestellt hatte, aber ich war noch nie darauf gekommen. Jemand anderes hatte die Krankheit an mich weitergegeben, ich hatte sie nicht selbst fabriziert und dann an Rose weitergegeben.

Dann ging mir die Szene in der Scheune durch den Kopf, als ich Tante Jessie die Schlange gezeigt hatte. Aber zuerst hatte ich ihr das Medaillon gezeigt! Vielleicht hatte sie deswegen so gejammert – und gar nicht wegen der Schlange. Vielleicht hatte sie etwas über das Medaillon gewusst.

Ich schaute bergab. Rechts von mir schlängelte sich mein Pfad und führte nach Hause, zu meiner Linken lauerte der dunkle Wald. Eine Bewegung am Rand der Bäume lenkte meinen Blick auf sich, und als ich genauer hinschaute, sah ich, dass ein schlanker, getupfter Rotluchs die Lichtung betreten hatte. Er pirschte sich langsam an etwas heran. Offenbar verfolgte er etwas im Gras. Zielstrebig überquerte er den Hügel, dann stürzte er mit einem schnellen Sprung nach vorn und schlug etwas Dunkles mit den Pfoten. Er griff sein Opfer mit den Zähnen und ging dann mit leichten Schritten dorthin zurück, woher er gekommen war. Seine Beute – ein Maulwurf, so wie es aussah – zappelte verzweifelt, seine Hinterbeine tanzten in der Luft.

Von unten waren Stimmen zu hören, dann ein lautes Lachen. Ich schaute von meiner hohen Warte aus den Hang hinunter und sah zwei junge Männer bergauf kommen. Einer von ihnen trug eine

Flinte und einen Sack. Der andere trank gerade einen Schluck aus einer Flasche und deutete auf die Bäume direkt unter mir.
Der junge Mann mit der Flinte sah irgendetwas, zielte und schoss. Ein trockener Schlag war zu hören, als die Kugel einen Baum traf. Der Mann fluchte und nahm seinem Kumpel die Flasche aus der Hand, um nun seinerseits einen kräftigen Schluck zu trinken. Die beiden Männer gingen weiter, machten an dem Pfad kurz Halt und entdeckten offensichtlich meinen Lagerplatz, denn sie gingen direkt darauf zu. Als ich bei ihnen war, hatten sie schon angefangen, meinen Beutel mit den Lebensmitteln zu durchwühlen.
»Aufhören!«, schrie ich.
Erschrocken fuhren sie herum. Sie musterten mich kurz, dann begann der Mann mit der Flinte, der größere der beiden, schallend zu lachen. »Wer ist *das* denn?«, sagte er zu dem Typ mit der Flasche. »'ne Pfadfinderin?«
Aus der Nähe wirkten die beiden jünger, als ich gedacht hatte. Sie waren höchstens sechzehn oder siebzehn. Der Kleinere trank noch einen Schluck, wischte sich mit dem Handrücken über den Mund und begutachtete mich von Kopf bis Fuß. »Bisschen jung, um sich ganz allein hier oben rumzutreiben«, sagte er.
»Ich bin nicht allein.«
»Ach, ja?«, sagte der Kleine und schaute sich um. »Ich seh gar keinen!«
»Mein Vater ist hier. Und meine drei Onkel sind auch da. Sie jagen.« *Jake*, betete ich. *Bitte, komm!* Aber dann fiel mir der Sheriff ein. Jake konnte gar nicht in der Nähe sein – bestimmt saß er längst im Gefängnis.
Der Kerl mit der Flinte horchte. »Ich hör gar keine Schüsse!«
Dad, betete ich, *bitte, komm mit dem Flugzeug angeflogen.* Aber es war Sonntag, da blieb Dad immer zu Hause. »Sie schleppen gerade die Beute ab«, sagte ich.

»Ach, ja? Was haben sie denn erwischt?«
»Ziemlich viel. Einen Luchs, zwei Rehe …« *Tante Jessie*, betete ich. *Bitte, beschütze mich.*
»Wir haben aber im Moment gar keine Wildsaison. Da darf man keine Rehe schießen«, sagte der Kerl mit der Flinte, aber er schien beeindruckt.
Ein warmer Windstoß fuhr mir durch die Haare. Vielleicht war Tante Jessie doch in der Nähe! Ich sagte: »Ach, die schießen dauernd. Alles, was ihnen vor die Flinte kommt. Da – da drüben – das ist einer meiner Onkel.«
Sie wirbelten herum. »Wo?«
»Da – zwischen den Bäumen –«
Sie schauten in die Richtung, in die ich zeigte. »Ich seh keinen«, sagte der Größere.
»Was ist das eigentlich?«, fragte der Kleinere und deutete mit der Flasche auf den bereits abgeschlossenen Teil des Wegs. »Ein Pfad oder was? Wohin geht der?«
Die Blätter an den Bäumen rauschten. *Tante Jessie?* »Nirgends«, log ich. »Er hört da unten irgendwo auf.« Vielleicht war der Pfad eine ganz, ganz schlechte Idee. Jetzt konnte jeder den Weg zu unserer Farm finden! Jeder Plünderer, jeder Irre. Jeder Betrunkene mit einem Gewehr oder einem Messer oder –
Der Kleine kam auf mich zu. Ich konnte die Whiskyfahne riechen, als er redete. »Ich glaub, heut ist dein Glückstag. Ich glaub, wir warten nicht, bis dein Alter kommt.«
»Was soll die Hetze?«, sagte der andere. »Ich will 'nen Luchs nach Hause nehmen.«
»Ich hab einen gesehen«, sagte ich. »Da unten, er ist Richtung Farm geschlichen, durch die Bäume.« Die Angabe stimmte zwar nicht, aber ich wollte auf jeden Fall verhindern, dass sie den Luchs fanden.
»Ja? Wann denn?«

»Kurz bevor ihr gekommen seid.«
»Mach schon«, sagte er zu dem Kleinen und ging in die Richtung, die ich angegeben hatte.
Der Kleine strich mir mit der Hand über den Arm. »Schade«, sagte er mit einem fiesen Grinsen. »Echt schade.« Er lachte leise, trank noch einen Schluck aus der Flasche und trabte dann hinter seinem Freund her, der den Abhang hinuntereilte.
Vielen Dank, Tante Jessie.
Ich packte meine Habseligkeiten zusammen, trampelte das Feuer aus und verschwand im Wald. Dort war es finster und unheimlich, aber ich wollte mich verstecken.

Die Geisterschlucht

GEISTERSCHLUCHT NICHT NACHTS DURCHQUEREN!
NICHT ALLEINE WANDERN!
VORSICHT – GEISTER IN DEN BÄUMEN!

Diese Warnungen standen alle auf meiner Landkarte.
Als ich abends an meinem Lagerplatz am Rand der Geisterschlucht lag, verwandelten sich alle Geräusche, alles, was ich sah, in Gespenstererscheinungen. Knorrige Bäume, so krumm wie das Hinterbein eines Hundes, verwandelten sich in die verdrehten Arme einer Hexe. Aus Efeuranken wurden verschlungene Schlangen, und die Knoten und Wülste an den Baumstämmen quollen zu warzigen Koboldgesichtern. Der Wind rief mit Geisterstimme, und die Bäume waren riesige Magier in dunklen Mänteln und mit spitzen Hüten.
Als es am nächsten Morgen hell wurde, beruhigte mich das nur teilweise. Jedes noch so leise Knacken ließ mich zusammenzucken, und schon die geringste Bewegung in den Baumgipfeln versetzte mich in Angst und Schrecken, weil ich dachte, ich müsste gleich mit den Geistern kämpfen, die mir auf den Kopf springen wollten.
Auf der Karte war zu sehen, dass der Weg die Geisterschlucht durchquerte, dann über den Bärenbach und auf der anderen Seite der Schlucht weiter. Die Strecke betrug etwa fünf Kilometer. Dahinter kam ein Abschnitt von gut anderthalb Kilometern, quer über den Berg des Schattentodes, und die letzten vier, fünf

Kilometer des Wegs gingen hinab ins Donut-Tal und hinauf zum Schweinebuckel, dann über den Doolittle-Bach und die Gnadenbrücke, bis hinein nach Chocton.
Ich war schreckhaft wie ein Grashüpfer und hatte das Gefühl, gar nicht mit der Arbeit beginnen zu können. Mich quälten viel zu viele Gedanken.
Wo traf sich Onkel Nate mit der Frau? Auf der Farm, die zu der Wiese gehörte, an der ich den Stacheldrahtzaun durchgeschnitten hatte? Vielleicht hatten sie sich ja auch gar nicht in einem Haus getroffen. *Es gab keine andere Frau!*
Vielleicht hatten sie sich an einem besonderen Ort getroffen: im Krähenloch oder auf dem Kinderzehenberg. Da fiel mir die Hütte wieder ein, die ich in dem Lärchenwäldchen unterhalb vom Schlafenden Bären gesehen hatte, und weil sie von der Stelle, wo ich jetzt mein Lager aufgeschlagen hatte, nicht weit entfernt war, beschloss ich, sie mir mal näher anzusehen.
In dem Wäldchen hinter der Hütte war es kühl und still. Keine menschlichen Geräusche. Ich schlich an der Hütte entlang, bis zu einem Fenster, das allerdings mit Brettern vernagelt war. An der Vorderseite hatte die Hütte eine kleine Veranda. Ich klopfte an die Tür, obwohl ich wusste, dass niemand drin sein konnte. Wenn die Tür nicht verschlossen gewesen wäre, dann wäre ich wahrscheinlich hineingegangen.
Dann fielen mir die beiden Typen ein, die ich am Tag vorher getroffen hatte. Womöglich gehörte ihnen die Hütte, und wenn sie zurückkamen und feststellten, dass ich hier herumschnüffelte – wer weiß, wozu sie imstande waren! Ich rannte schnell zurück zum Pfad.
Okay, Geisterschlucht, jetzt ist heller Tag – ich komme!
Während der folgenden drei Tage arbeitete ich mich durch das Tal, räumte den Weg und redete mit den Geistern. *Am besten, ihr beachtet mich gar nicht*, sagte ich zu ihnen. *Ich bin gleich wieder*

weg. Beim kleinsten Geräusch redete ich wieder los: *Ich bin's nur, Zinny Taylor, ich versuche, dem Pfad hier zu folgen.*

Die Luft war erfüllt vom Gezwitscher der Vögel. Das laute *Zick, zick* der Kernbeißer, das *Güpp, güpp* der Finken, das *Tschilp, tschilp* der Spatzen erfüllten die Luft. Das *Tök, tök, tök* der Rotdrosseln und das *Sri, sri* der Amseln untermalten meine Arbeit. Die hartnäckigeren Rufe wie die der Meisen und Krähen und Spechte schienen mich aufzufordern, die Arbeit zu unterbrechen oder sie zu beschleunigen.

Tante Jessie und Onkel Nate hatten mir beigebracht, die Vogelrufe zu unterscheiden. Die beiden hätten es hier oben bestimmt sehr genossen. Sie waren früher immer gemeinsam in die Berge gewandert, und ich fragte mich, ob Tante Jessie tatsächlich nicht mehr mitgekommen war, weil sie Zucker hatte. Vielleicht war der Grund ja auch gewesen, dass Onkel Nate die andere Frau kennen gelernt hatte und und diese Frau Tante Jessies Platz eingenommen hatte, ehe sie gestorben war. *Diese Frau!* Ich wollte wissen, wer sie war und wie sie aussah und – *es gibt keine andere Frau, Zinny, hör endlich auf damit!*

Ich bin's nur, ihr Geister. Es gibt schon genug Dinge, die mich verfolgen, vielen Dank.

Am Ende des Tages raste ich immer zurück zu meiner Lagerstelle und folgte meiner abendlichen Routine – nur dass ich auf keinen Baum kletterte. Ich hatte keine Lust, droben in den Ästen irgendwelchen Geistern zu begegnen.

Jeden Tag ging ich zu der Hütte, hielt allerdings einen gewissen Sicherheitsabstand ein. Nirgends ein Zeichen, dass hier Menschen aus und ein gingen. Wo war *diese Frau*? Sie wohnte dort, ruhig, zurückgezogen, und wartete nur auf Onkel Nates Besuche.

Vielleicht kam sie jetzt fast um vor Sehnsucht, weil sie nicht wusste, dass Onkel Nate krank war und sie nicht besuchen konnte. Vielleicht sollte ich ihr Bescheid sagen. Bei diesem Gedanken fühlte ich mich sofort ganz mies – als hätte ich Tante Jessie verraten. Für wen hielt sich *diese Frau* überhaupt, dass sie es wagte, Onkel Nate zu stehlen? Wahrscheinlich lebte sie gar nicht ruhig und zurückgezogen, sondern war jung und hübsch, schminkte sich die Lippen dunkelrot und trug hautenge Kleider.

Der Bärenbach

Vielleicht hatte ich langsam schon einen kleinen Sprung in der Schüssel, weil ich ganz allein hier oben in den Bergen war, aber ich hatte immer stärker das Gefühl, dass mich jemand beschützte und über mich wachte, und ich meine nicht Jake Boone. Ich hielt jetzt immer Ausschau nach ihm, jeden Abend und auch schon ganz früh am Morgen. Nirgends eine Spur von Jake. Das enttäuschte mich – was ich nur sehr ungern zugebe. Entweder saß Jake tatsächlich im Knast, oder er hatte sich jetzt doch direkt an May rangemacht.

Ich sah immer noch aus den Augenwinkeln diese seltsamen Bewegungen – hinter einem Baum, einem Busch, am Rand einer Schlucht, hinter einer Biegung. Wahrscheinlich irgendein harmloses Tier, sagte ich mir dann jedes Mal. Aber immer öfter kam mir der Gedanke, dass Tante Jessie sich irgendwo in meiner Nähe aufhielt. Manchmal nahm ich Onkel Nates Fotoapparat und versuchte, den huschenden Schatten zu knipsen, in der Hoffnung, sie auf Film bannen zu können.

Unten in der Geisterschlucht floss der Bärenbach und hüpfte über die Steine dem Ohio River entgegen. Auf der anderen Seite des Bachs ging der Wald weiter, einen steilen Hang hinauf. Ich machte am Bach eine Pause, setzte mich ans Ufer, warf Steine ins Wasser und badete die Füße in dem kühlen, klaren Naß. Am anderen Ufer schwamm ein Biberpaar und transportierte Zweige zu einem Damm flussabwärts. Wasserspinnen huschten über das spiegelglatte Wasser unter dem überhängenden Ufer.

Als ich einen Stein von dem feuchten Ufer aufheben wollte, sah ich Spuren in der Erde. Ein etwa zwanzig Zentimeter langer Fußabdruck, die Zehen mit Klauen verziert. Ich untersuchte das Ufer auf beiden Seiten. An einem Baumstamm hatte sich in der Rinde ein Stückchen schwarzer Pelz verfangen.
Ich versuchte, mich daran zu erinnern, ob Bären auf Bäume klettern. Gab es irgendwo einen Baum, auf den ich im Notfall klettern könnte? Mir fiel auf, dass an mehreren Bäumen die Rinde der Länge nach aufgerissen war – lange Klauenspuren, die sich ins darunter liegende weiche Holz gegraben hatten. Ein Bär konnte vielleicht nicht klettern, aber den Versuch machte er offenbar, und den Klauenspuren nach zu urteilen konnte er gut zwei Meter hoch greifen.
Und da, am anderen Ufer, stand er plötzlich da wie vom Himmel gefallen: ein großer, glänzendschwarzer Bär, den schmalen Kopf hochgereckt und mit der braunen Nase die Luft prüfend. Er blickte das Ufer auf und ab, und falls er mich gesehen hatte, ließ er sich nichts anmerken. Kein Zeichen des Erkennens. Wie auf Samtpfoten bewegte er sich vorwärts, sein massiger Körper schwankte leicht von einer Seite zur andern. Langsam überquerte er die Steine, hinein ins Wasser, wo er auf einem flachen Stein stehen blieb und die Wasseroberfläche inspizierte.
Dann holte er blitzschnell aus, schlug mit der Pranke aufs Wasser, tauchte mit dem Kopf unter und kam mit einem Fisch im Maul wieder hoch. Er hielt ihn mit den Zähnen fest, und Schwanz und Kopf des Fischs schlugen seitlich von seinem Maul hin und her. Lässig trug der Bär seine Beute ans Ufer, warf sie auf den Boden und zerlegte sie mit Zähnen und Klauen. In wenigen Minuten war der Fisch verschlungen.
Ich hätte wahrscheinlich sofort abhauen und möglichst hoch auf den Baum hinaufklettern sollen, aber ich war wie hypnotisiert, während der Bär meine Gegenwart gar nicht zu bemerken schien.

Wieder schlich er sich in den Bach und holte sich noch einen Fisch, um ihn am Ufer zu verspeisen. Dann setzte er sich ans Ufer und schnupperte.

Ein paar Mal sah er mich direkt an – oder jedenfalls kam es mir so vor –, aber er drehte sich auch nach zwei Eichhörnchen um, die einen Baum ganz in der Nähe hinaufjagten. Und er musterte einen kleinen Fink, der auf dem Boden herumpickte. Ich hatte das Gefühl, als wären wir alle für ihn nur Teil der Szenerie.

Dann angelte er sich noch einen Fisch, den er allerdings mitnahm. Er ging nun dorthin zurück, woher er gekommen war – zurück in den Wald auf der anderen Seite des Bachs. Ich hatte zwar überhaupt keine Angst vor ihm gehabt, solange er im Fluss geangelt hatte, aber jetzt entzückte es mich nicht besonders, dass er in Richtung Pfad ging. Wäre er denn auch so friedlich gewesen, wenn ich ihn überrascht hätte? Wenn ich ihm zufällig auf seinem eigenen Territorium begegnet wäre?

Ich wartete eine gute Stunde, weil ich ihm einen Vorsprung geben wollte. Er sollte weiter kommen, als ich es an diesem Tag mit meiner Arbeit vermutlich schaffen würde. Dann überquerte ich den Bach und fing an, ein neues Stück zu räumen. Aber ich fühlte mich nicht wohl. Immer wieder machte ich eine Pause, horchte und blickte mich um.

Tante Jessie, du kannst mich beschützen, wenn du willst. Ihr anderen Geister braucht euch gar nicht um mich zu kümmern.

*

Die nächsten paar Tage arbeitete ich weiter wie gewohnt. Hinter der Geisterschlucht kam eine Anhöhe, der Berg des Schattentods. Ich hatte einen gruseligen Abschnitt mit dunklen Bäumen erwartet, aber der Schattentodberg war ein grasbewachsener, heller Hügel, auf dem nur drei Ahornbäume standen.

Hinten auf meiner Landkarte stand:

SCHATTENTOD
ZWEI MÄNNER, DIE AN EINEM HEISSEN SOMMERTAG SCHATTEN SUCHTEN, WURDEN UNTER DIESEN BÄUMEN ERSCHLAGEN.

Ich beeilte mich ziemlich, als ich zu den Bäumen kam, und obwohl es sehr heiß war und ich mich gern ein bisschen im Schatten ausgeruht hätte, ließ ich es lieber bleiben.
Vom Schattentod führte der Pfad hinunter ins Donut-Loch, eine ganz komische Stelle, an der vier kleine Hügel zusammentrafen und ein rundes Becken bildeten, das an einen Donut erinnerte. Die Stelle gefiel mir, ein ruhiger grüner Zufluchtsort, aber ich hatte Schwierigkeiten herauszufinden, wie der Pfad von hier aus weiterging, also musste ich wieder auf den Berg klettern, um mich zu orientieren.
Hinter dem Donut-Loch erhob sich der Schweinebuckel, und als die Woche zu Ende ging, hatte ich den größten Teil davon geräumt – und nun erwartete mich ein wunderschöner Anblick: eine weite grüne Wiese mit bunten Blumen, roten und gelben und blauen, und die Wiese erstreckte sich bis hinunter zum Doolittle-Bach und – noch besser! – weiter bis nach Chocton, das sich dort unten ins Tal schmiegte. Chocton!
Es hätte mir Spass gemacht, jetzt vollends durchzuarbeiten, aber am nächsten Tag war Samstag, und ich hatte versprochen, nach Hause zu kommen und mich um Onkel Nate zu kümmern. Ich versuchte zu überschlagen, wie lang die restliche Strecke noch war. Zwei Kilometer? Drei? Ich musste noch einmal zurückkommen, um meinen Pfad abzuschließen.

*

Mein Lagerplatz befand sich immer noch auf der anderen Seite der Geisterschlucht. Auf dem Rückweg war ich damit beschäftigt, die Geister mit meinem *Kümmert euch nicht um mich* zu besänftigen, als ich ein leises Brummen hörte. Und da drüben, am Rand eines Dickichts, stand der Bär und prüfte mit hochgereckter Nase die Luft. Dann gab er ein etwas lauteres Brummen von sich und wandte den Kopf in meine Richtung. Als er zwei Schritte auf mich zu machte, ergriff ich die Flucht und kletterte auf den nächsten Baum – blitzschnell, man hätte denken können, ich hätte Flügel.
Der Bär brummte, ging auf den Baum zu und warf sich seitlich dagegen. Es war eine dicke Eiche, aber von seinem Gewicht zitterte sie, und während ich mich weiter nach oben hangelte, befürchtete ich, er könnte den Baum einfach umschmeißen oder mich herausschütteln, als wäre ich ein Affe.

Verirrt

Ich hatte mich in der Geisterschlucht verlaufen! Die Bäume stöhnten in der Dunkelheit, Fledermäuse flatterten durch die Luft – wie kleine schwarze Gespenster tauchten sie aus dem Nichts auf. Ich fror, ich hatte Hunger, ich war von den Dornen zerkratzt und hatte panische Angst. Mein Bein und mein Handgelenk pochten.

Der Bär hatte sich als Bärin entpuppt, und während ich mich krampfhaft an einen Ast ganz oben im Baum klammerte, sah ich, dass ich zwischen eine Mutter und ihr Kind gekommen war – das Bärenjunge hatte im Laub hinter mir gerade eine Maus erlegt. Die Mutter war wütend, sehr, sehr wütend.

Da durchzuckte mich ein Gedanke – war meine Mutter je böse auf Tante Jessie gewesen, weil sie zwischen mich und sie gekommen war? Ich hatte immer gedacht, meine Mutter würde das nicht stören oder nicht mal interessieren. Vielleicht hatte ich mich ja getäuscht.

Die Bärin rüttelte noch eine ganze Weile an meinem Baum, während ich mich verzweifelt festhielt und alle um Hilfe anrief, die ich je gekannt hatte, sogar die Geister aus der Gespensterschlucht und die Bäume. *Lasst mich nicht sterben!* Ich dachte an Tante Jessie, wie sie in die Schublade geklettert war, und an Onkel Nate, der so gern sterben wollte. *Ich nicht! Ich bin noch nicht so weit!*

Als die Bärin schließlich keine Lust mehr hatte, meinen Baum zu schütteln, stand sie nur noch knurrend da, bis das Junge zu ihr kam. Sie tätschelte es ungeschickt mit der Pranke und rieb ihr Gesicht an seinem.

Lasst mich meinen Weg fertig machen!

Es passte mir ganz und gar nicht, dass ich so hilflos da oben im Baum saß. Ich konnte mich nicht richtig bewegen, ich konnte nicht fliehen, ich konnte überhaupt nichts unternehmen, nur mit den Geistern plaudern. Vielleicht würde ich noch tagelang festsitzen! Vielleicht starb ich hier auf dem Baum, und meine Leiche fiel dann herunter, die Bärin fraß mich auf und meine Familie fand nur noch einen Haufen Knochen vor. Sie würden sagen: *Ist das Zinny? Was denkt ihr?*

Wo war Jake, wenn ich ihn wirklich brauchte? Wo war mein Dad mit diesem verflixten Flugzeug – er hätte mich zwar in dem dichten Wald gar nicht gesehen, aber es wäre doch wenigstens ein Trost gewesen zu wissen, dass er nach mir schaute.

Und warum, zum Teufel, arbeitete ich überhaupt an diesem Pfad? Was für eine bescheuerte Idee: Zinniensamen streuen und wie eine Schwachsinnige herumkratzen, Pfeilspitzen und Fossilien ausgraben, nach Medaillons und verschwundenen Ringen suchen. Warum konnte ich den Pfad nicht aufgeben und einfach nach Hause gehen?

Lasst mich den Pfad fertig machen. Lasst mich meine Sache gut machen. Helft mir bei der Suche nach … Was suche ich eigentlich? Wen suche ich?

Endlich, endlich trollte sich die Bärin. Das Kleine schubste sie vor sich her. Inzwischen war es schon dunkel, und ich wartete noch eine Weile, weil ich dachte, sie könnte zurückkommen. Vielleicht wollte sie mich ja nur hereinlegen. Aber so dumm war ich nicht – ich kletterte noch nicht runter. Ach, aber ich war so müde! Ich wollte die Augen schließen und ganz, ganz lange schlafen.

Ich wollte mich anders hinsetzen und rutschte – *wusch!* – durch die Zweige – *boiing!* – auf einen Zweig – *wusch!* – weiter nach unten durch die Zweige – *boiing. Wusch – boiing – wusch.* Unten angekommmen landete ich ziemlich unsanft, sprang sofort auf die Füße und schaute mich nach den Bären um.

Nichts. Weit und breit *nichts* – und *alles*: dunkle Gestalten, gekrümmte Gestalten, gefährliche Gestalten. Ich huschte durch die Bäume, weg vom Pfad, in die andere Richtung, nicht in die Richtung, die der Bär eingeschlagen hatte. Ich konnte ja unten rumgehen und dann zurück zum Weg. Aber nach einer Stunde – oder zwei? – war ich so konfus, dass ich keine Ahnung mehr hatte, wo ich mich befand – vielleicht ging ich ja im Kreis und stand plötzlich in der Höhle des Bären!

Da, ein Geräusch – hatte jemand meinen Namen gerufen?

Ich war völlig erschöpft und kurz davor durchzudrehen, da sah ich sie: *Tante Jessie.* Sie stand – nein, sie schwebte – neben einem Baum, und als ich auf sie zu ging, schwebte sie weiter und führte mich durch den Wald. Ich konnte sie aber nie einholen. Als wir auf eine kleine Lichtung kamen, breitete sie die Arme aus – jedenfalls schien es mir so – und verschwand. Ich legte mich auf den Boden und schlief ein.

*

Bei Tagesanbruch erkannte ich oben auf dem Bergkamm den Schlafenden Bär. Ich hatte ein ganzes Stück unterhalb des Pfades in einem der Lärchenwäldchen geschlafen und wunderte mich, dass ich überhaupt noch lebte. Und ich fühlte mich getröstet: Ich hatte Tante Jessie gesehen!

Sals Pferd

Als ich die Hütte sah, war ich dermaßen müde und so hungrig, dass es mir völlig egal war, wer dort wohnte. Ich trat mit dem Fuß gegen die Tür, aber sie gab nicht nach.

»Ist jemand da?«, rief ich. »Hallo …«

Ich rüttelte an den Fensterläden, aber sie waren fest verriegelt. Durch eine Ritze konnte ich immerhin sehen, dass an der gegenüberliegenden Wand ein Regal stand. Darauf eine Schale, ein Buch, und – da, neben dem Regal – ja, da – an einem Haken – oh, wie wunderbar, oh, wie schrecklich, schrecklich! Da hing Tante Jessies Mantel.

Ich nahm die Füße in die Hand und rannte los.

An meinem Lagerplatz machte ich nur kurz Halt, nahm den Drahtschneider, ein Seil und ein paar Äpfel und machte mich auf den Heimweg. Ich wollte das Pferd mitnehmen.

Oh, der Mantel! Der Anblick dieses Mantels! Diese Freude, dieses Entsetzen!

Ich rannte den Pfad hinab, wieder am Schlafenden Bären vorbei, über den Kinderzehenberg, quer durch das Krähenloch, immer weiter, immer weiter. *Tante Jessie lebt! Sie wohnt dort oben!* Ich rannte immer schneller. *Nein. Jemand anderes trägt ihren Mantel. Onkel Nate hat den Mantel dieser Frau geschenkt!*

Als ich zur Wiese kam, sah ich Willow, die friedlich scharrte und schnaubte. Ich bot ihr einen Apfel an, den sie freudig annahm, aber es gefiel ihr nicht so recht, als ich ihr das Seil um den Hals legte, doch als ich den Stacheldraht durchschnitt und sie aus

ihrem Gehege hinausführte, warf sie stolz den Kopf zurück, als wollte sie sagen *Endlich!* Wir ritten den Pfad entlang in Richtung Farm. Dann band ich Willow an einen Baum und ging zum Haus.
»Zinny! Wir warten schon auf dich!«, rief Bonnie. »Wir wollen doch in den Zirkus, und da haben wir schon Angst gehabt, du hast es vergessen. Du musst doch auf Onkel Nate aufpassen. Und hast du schon gehört? Jake ist verhaftet worden. Ist das nicht furchtbar? Er ist nicht im Gefängnis, aber er muss wahrscheinlich vors Jugendgericht. Ist das nicht furchtbar? Meinst du, er muss richtig ins Gefängnis?«
Sam sagte: »Jake hat ein *Auto* gestohlen. Er sitzt echt in der Tinte.«
»Erzähl ihr die Geschichte von Bingo!«, rief Ben.
»Oh, ja!« sagte Bonnie. »Ben hat Bingo gesehen – aber du würdest nie draufkommen, wo! In Mr Butlers Wagen. Ben denkt, Mr Butler hat unseren Bingo gestohlen, aber Dad meint, das kann eigentlich nicht sein.«
»Aber wir müssen es rauskriegen«, erklärte Ben.
»Stimmt«, sagte Bonnie. »Dad meint, wir können nach dem Zirkus zu den Butlers gehen.«
Meine Spagetti waren zu einer klebrigen Pampe verschlungen, und ich hatte das Gefühl, jemand hätte mich hineingeworfen und mit hunderttausend Knoten gefesselt.

*

»Da bist du ja, Zinny«, begrüßte mich Mom. »Aber du siehst ja ganz k. o. aus! Ist etwas passiert?«
»Nein«, log ich. »Alles okay.«
»Haben die Kleinen dir von Jake erzählt? Ich muss schon sagen – ich weiß gar nicht, was ich davon halten soll.«
»Mom«, beschwerte sich Gretchen. »May hat meine Jeans an. Sag ihr, sie soll sie ausziehen.«

»Zinny, ich muss dir schnell erklären, was mit Onkel Nate ist. Er muss dieses Medikament hier dreimal nehmen –«
Will zupfte mich am Ärmel. »Jake ist verhaftet worden.«
May stand bei der Tür. »Eigentlich hat er den Wagen gar nicht gestohlen. Er hat ihn sich nur geborgt. Ich weiß es genau. Er hat mir nämlich alles erzählt.« Sie sagte das so betont, als wäre es etwas extrem Wichtiges.
»Zinny«, sagte Dad. »Wenn wir zurückkommen, müssen wir uns unterhalten –«
»Gehen wir denn nicht in den Zirkus?«, quengelte Sam.

*

Als alle weg waren, ging ich zu Onkel Nate ins Zimmer. »Du hast Glück«, sagte ich. »Heute passe ich auf dich auf.«
»Ich weiß.«
Das Telefon klingelte. »Ich bin gleich wieder da«, versprach ich.
»Ich geh schon nicht weg«, murmelte er.
»Wer weiß.«

*

Es war Jakes Mutter. Sie wollte wissen, ob Jake bei uns sei. Als ich antwortete, er sei nicht da, fragte sie: »Bist du ganz sicher – welche bist du denn?«
»Zinny. Ja, ich bin ganz sicher. Es ist niemand hier. Nur ich und Onkel Nate.«
»Dieser Junge bringt mich noch ins Grab. Eigentlich hat er Hausarrest und darf nur zur Arbeit weg. Aber gestern Abend ist er nicht nach Hause gekommen, und gerade hat mich Mrs Flint angerufen – Jake ist heute auch nicht zur Arbeit erschienen. Ich muss den Sheriff anrufen. Bist du wirklich ganz sicher, dass er nicht bei euch ist?«

»Ganz sicher. Hier sind nur Onkel Nate und ich. Sie denken doch nicht, dass ihm etwas passiert ist?«, fragte ich.

»Ich weiß überhaupt nicht mehr, was ich denken soll. Wenn du ihn siehst, kannst du ihm sagen, er soll sofort in den Laden kommen. Und außerdem ...«

»Ja?«

»Sag ihm, als Erstes ist er mir ein paar Erklärungen schuldig!«

*

Aus meinem Schrank holte ich das Medaillon, das ich aus der Blechschachtel in Onkel Nates Schublade genommen hatte, und ging hinauf zur Scheune. Dort war irgendwo ein Halfter, das wusste ich. Ich hatte gehofft, ich könnte auch einen Sattel auftreiben, konnte aber keinen finden. Ich ging zu Willow und führte sie bis direkt vors Haus, wo ich sie am Verandageländer festband.

»Okay, Onkel Nate – gehen wir. Wir machen jetzt einen Ausflug.«

»Sehe ich so aus, als könnte ich 'nen Ausflug machen, verflixt und zugenäht?«

»Aber du hast doch gesagt, du willst auf den Pfad ...«

Seine Augen wurden groß.

»Ich hab sie gesehen«, sagte ich. »Ich hab Tante Jessie gesehen.« Wahrscheinlich hätte ich ihm auch erzählen sollen, was ich in der Hütte gesehen hatte, aber das ließ ich bleiben.

»Herrgott!« Er schwang die Beine über den Bettrand und versuchte aufzustehen. »Diese verflixten Beine!«

Mir kamen plötzlich Bedenken. »Aber wie willst du das überhaupt schaffen? Du kannst ja gar nicht –«

»Doch, ich kann!«, rief er. »Du musst mich mitnehmen.«

»Aber dein Bein –«

»Du musst mich einfach mitnehmen, Schneckchen. Du musst!«

Ich zog ihn hoch, und Schritt für Schritt schafften wir es bis zur Veranda, obwohl Onkel Nate alle paar Meter stehen bleiben und sich an die Wand lehnen musste. »Mein Herz springt«, sagte er. »Wo kommt denn das Pferd her? Du erwartest doch hoffentlich nicht, dass ich mich da draufsetze?«

Es war gar nicht so leicht, aber Willow legte eine Engelsgeduld an den Tag, während ich Onkel Nate auf ihren Rücken hievte und schob und zerrte. Als ich es geschafft hatte, kletterte ich hinter ihn auf ihren Rücken.

»Braucht so ein Pferd denn keinen Sattel?« sagte Onkel Nate.

»Wir haben doch die Zügel – da brauchen wir keinen Sattel.«

»Also los«, sagte er. »Auf geht's!«

Der Ritt

Beim Bach unten, als ich mit dem Pferd in den Pfad einbog, sagte Onkel Nate: »Du bringst mich da rauf? Ganz bis oben rauf?«

»Da oben hab ich Tante Jessie gesehen, und deswegen gehen wir da jetzt hin.«

»Okay, einverstanden«, sagte er, »aber du kommandierst in letzter Zeit ganz schön rum.«

So ritten wir den Pfad entlang, über uns der bedeckte Himmel. Onkel Nate sackte immer wieder nach vorn, an den Hals der Stute, und ich musste ihn wieder hochziehen, weil ich Angst hatte, er könnte sonst runterrutschen. Er bestand darauf, seinen Stock festzuhalten, der aber in regelmäßigen Abständen gegen meine Beine schlug.

»Können wir den Stock nicht irgendwo hinlegen?«, fragte ich.

»Das geht nicht. Ich brauch ihn vielleicht.« Der Stock traf wieder meinen Fuß. »Schau dir das an – du hast wirklich den ganzen verflixten Pfad freigelegt! Warum machst du das? Wohin führt der Weg überhaupt?«

»Du kennst den Pfad doch ganz genau«, sagte ich.

»Sag das nicht.«

»Du warst doch schon ganz oft hier oben!«

»Aber nicht so!«, sagte er. »Ich hab nie diesen Pfad hier benutzt.«

An der Stelle, an der ich das Medaillon gefunden hatte, machte ich Halt. »Siehst du den Stein da drüben? Soll ich dir sagen, was ich da gefunden habe?«

»Ich weiß, was du gefunden hast.«
»Ehrlich?«, sagte ich. »Was denn?«
Er deutete mit seinem Stock auf das Loch. »Das Ding da – dieses Münzen-Ding.«
»Wo stammt das eigentlich her?«, fragte ich ihn. »Wer hat es da versteckt? Weißt du das?«
Onkel Nate drehte den Kopf, um mich anzusehen. »Schneckchen, *du* hast es da versteckt. Stellst du dich extra dumm?«
Mir lief es wieder kalt über den Rücken. »Wann?«, fragte ich. »Wann habe ich es da versteckt? Und warum? Und –«
»Immer schön langsam!«, sagte er. »Ich komm ja gar nicht mit. Du weißt nicht mehr, dass du es da versteckt hast? Du weißt nicht mehr, dass du uns allen einen Todesschrecken eingejagt hast?«
Da sah ich mich selbst rennen, rennen, immer weiter. Ich war noch ganz klein. Irgendetwas hielt ich in der Hand. Ich spürte es auf meiner Handfläche. Rose hatte in der Schublade gelegen –
»Schneckchen?«, sagte Onkel Nate. »Erinnerst du dich?«
Ich hatte Roses Hand berührt und dabei den Lederbeutel gesehen, der unter ihrer Hand lag, und in dem Beutel hatte das Medaillon gesteckt. Und ihre Hand war so starr gewesen, gar nicht wie Roses Hand. Ich hatte den Beutel genommen und war aus dem Haus gerannt. Aus dem Haus, den Berg hinauf.
»Schneckchen?«, sagte Onkel Nate wieder. »Es war, als Rose gestorben ist –«
»Psssst!«, sagte ich. »Warte …« Ich wollte sehen, was mir sonst noch alles wieder einfiel. Ich renne, renne, knicke um, falle hin, stolpere weiter. Ich scharre mit den Händen die Erde weg, vergrabe den Lederbeutel, suche einen Stein, mit dem ich die Stelle markieren kann, und da sitze ich und rufe immer wieder: »Rose, Rose, Rose …«
Onkel Nate sagte: »Wir haben dich nicht gefunden – es war schrecklich, schrecklich …«

Es kamen keine Erinnerungen mehr. »Wer hat mich gefunden?«
»Ich und Jessie. Wir haben dich hier gefunden. Du bist neben dem Stein gesessen. Wir haben dich mit nach Hause genommen –«
»Aber woher wusstest du, was ich vergraben hatte?«
»Ich bin neugierig«, sagte Onkel Nate. »Ich bin noch mal zurückgegangen. Ich hab nachgesehen.«

*

Wir ritten weiter bergauf und bogen in den Maidengang ein. Ich dachte an das Medaillon, ertastete es in meiner Tasche. Warum hatte Rose es in der Hand gehalten? Und warum sah ich immer *zwei* Medaillons vor mir? Bei diesen Fragen tauchte vor meinem inneren Auge irgendwo am Rand ein Zirkuszelt auf, so ähnlich wie das, in dem sich die übrige Familie jetzt amüsierte.
Wir näherten uns der Wiese, und ich ritt sehr vorsichtig darauf zu, weil ich sichergehen wollte, dass der Besitzer noch nicht bemerkt hatte, dass sein Pferd verschwunden war und ich schon wieder den Zaun durchgeschnitten hatte. Aber weit und breit war kein Mensch.
Onkel Nate sagte: »Der Zaun muss repariert werden.« Und dann: »Was hast du vor? Du musst *außen rum* reiten!«
»Wir reiten den Pfad entlang, und der Pfad führt hier durch.«
»Hast du die Steine hingelegt? Wie kommst du überhaupt an das Pferd?«
»Onkel Nate – gab es noch ein Medaillon –, waren es eigentlich *zwei* Medaillons?«
»Schneckchen, darüber kann ich nicht sprechen …« Er schaute starr geradeaus.
»Warum nicht? Weißt du vielleicht, was die Buchstaben bedeuten – BWUW?«

»Bis wir uns wiedersehen ...« Seine Stimme klang ein bisschen heiser, ein leises Rasseln hinten in der Kehle.

Bis wir uns wiedersehen, bis wir uns wiedersehen. Ich sah den Zirkus vor mir – ein Zelt, ein Tisch mit einer bunten Decke. Ich sah zwei Medaillons.

In der Ferne zogen dunkle Wolken zusammen, und ich gab dem Pferd einen Stups, sodass es in leichten Trab verfiel. »Dieses verflixte Geschaukel«, sagte Onkel Nate, der jetzt immer hin und her rutschte. »Mein Herz springt!« Aber wir ritten immer weiter, den Rest des Maidengangs entlang und durch das Krähenloch.

»Onkel Nate, wo seid ihr immer hingegangen, wenn ihr in die Berge gegangen seid, Tante Jessie und du?«

Er schüttelte den Kopf. »Ich kann nicht ...«

»Und warum ist Tante Jessie dann später nicht mehr mitgegangen?«

»Sie hatte Probleme mit den Beinen.«

Wir überquerten den Kinderzehenberg, wo wir anhielten, damit das Pferd sich ein bisschen ausruhen konnte. Der Wind fegte durch die Berge, und ich machte mir Vorwürfe, weil ich keine Jacken mitgenommen hatte. Onkel Nate zitterte.

»Ich sollte nicht im Schlafanzug hier rumreiten«, sagte er.

»Ich glaube, wir müssen umkehren«, sagte ich. »Das war keine besonders gute Idee.«

Er fuchtelte mit dem Stock herum. »Nein, wir kehren nicht um! Auf keinen Fall! Wir reiten bis ganz rauf ...«

»Triffst du dich da oben immer mit jemandem?«, fragte ich.

Er tippte mit dem Stock gegen mein Bein. »Du bist plötzlich verflixt neugierig –«

»Besuchst du jemanden?«, hakte ich nach. »Sag's mir!«

Er flüsterte: »Ja.«

Er hätte mir genauso gut einen Sack Kohlen über den Kopf hauen können. »Was ist das für 'ne Frau?«

»Wovon redest du denn?«
»Von der Frau – von dieser Frau, mit der du dich immer triffst!«
»Du bist ja völlig übergeschnappt, Schneckchen!«

*

»Zinny! Zinnyyyyy!«
Die Stimme kam von jenseits der Bahngleise und erschreckte uns fast zu Tode. Ich glaube, wir dachten beide, es sei ein Geist. Willow legte die Ohren an.
»Zinnyyyyy! Zinnyyyyyyy!!«
»Soll ich antworten?«, fragte ich Onkel Nate.
Er umklammerte seinen Stock. »Na ja, wir können uns schlecht ein Loch buddeln …«
Also rief ich laut: »Hallooooo …!«
Da sahen wir Jake den Abhang heraufkeuchen, zerkratzt und dreckig. »Zinny, Zinny!«
»Was ist los? Was ist passiert?« Ich dachte schon, er hätte vielleicht jemanden umgebracht, weil er so komisch aussah.
»Zinny! Wo hast du denn gesteckt? Ich war die ganze Nacht hier oben und hab dich gesucht. Ich hab gedacht, du hättest dich vielleicht verirrt oder wärst von einem Bären aufgefressen worden oder – oder – was weiß ich, was dir sonst noch alles hätte zustoßen können. Du musstest doch nicht schon wieder nach Hause, oder? Es waren doch noch keine zehn Tage!«
War es Jakes Stimme, die ich in der vergangenen Nacht gehört hatte? »Mom hat gesagt, ich soll heute schon heimkommen. Ich muss auf Onkel Nate aufpassen. Und was machst du hier oben?«
»Tja, also, Zinny …« Er legte mir die Hand auf den Arm. »Ich konnte einfach nicht anders. Ich wollte nicht, dass du ganz allein bist.«

Ich musste daran denken, wie May in der Küchentür gestanden und gesagt hatte: *Ich kenne die ganze Geschichte. Er hat mir alles erzählt.* Ich versetzte Jake einen Stoß. »Lass mich los«, sagte ich. »Ich muss Onkel Nate wo hinbringen.«

»Ich gehe mit.«

»Das wird ja 'ne richtige Party!«, sagte Onkel Nate.

»Hey, Zinny – woher hast du eigentlich das Pferd?«

Die Hütte

Onkel Nate sagte nichts, als wir vom Pfad abbogen und durch das Lärchenwäldchen ritten. Jake ging zu Fuß neben uns her. »Da habe ich Tante Jessie gesehen«, sagte ich. »Da unten, am Fuß dieses Hügels.«

»Sie treibt sich ganz schön in der Gegend rum«, sagte Jake.

Als die Hütte sichtbar wurde, hielt ich an. Ich wusste nicht, was ich denken sollte. Ich hatte ja keine Ahnung, was mich erwartete.

Onkel Nate starrte wie gebannt auf die Hütte. »Ich hab's geschafft!« Er rutschte aufgeregt hin und her, weil er absteigen wollte.

»Warte doch –« sagte ich. »Warte …«

»Was ist los?«, fragte Jake.

Ich hätte am liebsten kehrt gemacht und wäre wieder nach Hause geritten.

»Mein Herz springt«, sagte Onkel Nate.

»Zinny, findest du nicht, er sieht komisch aus? Nate?«

*

Onkel Nate lag in der Hütte auf dem Bett, und Jake und ich versuchten mit allen Mitteln, ihn wiederzubeleben. Jake hatte die Tür eingetreten und Onkel Nate hineingetragen. Ich hatte solche Angst, dass Onkel Nate sterben könnte! Hatte ich es wieder mal geschafft?

»Jake – er kommt doch durch, oder?«, sagte ich. »Es wird alles wieder gut, oder?«

Jake antwortete nicht. Er tastete nach Onkel Nates Puls. »Nate? Nate?«

Alles drehte sich: das Bett und Onkel Nate und Jake. Die Bilder auf der Kommode, die Kissen auf den Stühlen, das Spielzeug, der Mantel.

Ich griff nach Onkel Nates Hand. »Du darfst nicht sterben! Du musst mit mir reden!«

Er brummelte etwas, was ich nicht verstand.

»Hast du das gehört?«, sagte ich zu Jake. »Er will etwas sagen. Er stirbt nicht, oder?«

Onkel Nate flüsterte: »Unsere Hütte.«

»Wem gehört die Hütte? Wer wohnt hier?«

Er blinzelte. »Rose ... und Jessie ... und ich ...«

Ich fuhr zurück und starrte ihn fassungslos an.

»Oh, Mann!«, sagte Jake.

Onkel Nate blinzelte wieder. »Keine Schublade ...« Er tippte mit dem Finger auf mein Handgelenk. Er wirkte sehr ernst; er wollte, dass ich ihn verstand.

»Onkel Nate? Die Schublade ... Warum ist Tante Jessie in die Schublade geklettert? Hab ich sie erschreckt? War es wegen der Schlange?«

Er sagte nichts.

»Oder hatte es was mit dem Medaillon zu tun? Weil sie es das letzte Mal in Roses Hand gesehen hatte?«

»In der Scheune«, flüsterte er. »Sie hat wohl gedacht, du bist Rose ...«

»Aber ich bin nicht Rose! Ich bin nicht Rose!«

»Sie hat gedacht, Rose kommt zu ihr ...«

Ich konnte es nicht mehr aushalten. »Das ist ja schrecklich! Ganz schrecklich ...«

Er berührte wieder mein Handgelenk. »Nein – sie wollte Rose – sie wollte Rose unbedingt sehen ...«

»Oh, Mann!«, sagte Jake.

»Drei Nächte«, sagte Onkel Nate. »Drei Nächte lang hörte sie Rose rufen. Rose hat gerufen: ›Mach dich bereit …‹«

»Oh, Mann!«, sagte Jake.

Onkel Nate sagte: »Der Arzt meinte, Jessie hat ein diabetisches Komma …«

»Du meinst, Koma?«

»Ja, ist doch egal … Sie hat vergessen, das Insulin zu spritzen – oder vielleicht hat sie auch das Insulin gespritzt und nichts gegessen, und dieser Arzt hat dann gesagt, sie ist in diesem diabetischen Komma-Dingsbums.« Seine Augenlider flatterten. »Aber ich weiß es besser. Sie hatte solche Sehnsucht nach Rose …« Onkel Nate schloss die Augen.

Es war nicht meine Schuld gewesen. Er machte mir keine Vorwürfe. Ich hatte das Gefühl, als würde mich eine riesige Welle überschwemmen, mich wegtragen und ans Ufer spülen. Aber der Gedanke, dass ich vor ihr gestanden hatte, lebendig und gesund, und sie viel lieber mit Rose zusammen gewesen wäre, gefiel mir überhaupt nicht. »Und was ist mit *mir*?«, sagte ich.

»Schneckchen, du *hast* doch eine Mutter …« Er stöhnte kurz und driftete wieder weg.

Mich kribbelte es am ganzen Körper. Ich wandte mich ab. »Tu doch was!«, flehte ich Jake an. Er beugte sich über Onkel Nate. Mein Blick fiel plötzlich auf die Bilder auf der Kommode. Ich schaute sie mir genauer an. Diese Leute kannte ich doch!

Da waren Tante Jessie und Onkel Nate. Da war Rose. Dutzende von gerahmten Fotos. Und Tante Jessies Cremes. Ihr Parfüm. Ihr Handspiegel.

Mir war so kalt, so kalt.

Tante Jessies Mantel am Haken. Ihr Nähkorb auf dem Fußboden. Und da, neben der Garderobe, stand eine Einkaufstasche, vollgestopft mit Spielzeug und mit Kuscheltieren. Ich holte die Sachen heraus, Stück für Stück. Ich kannte sie alle. Ich hatte sie so oft gesehen, sie angefasst, mit ihnen gespielt.

Auf dem Regal, in der Schale, lag ein winziges Kinderarmband mit den Buchstaben R-O-S-E. Darunter ein besticktes rosarotes Häubchen. Das Buch daneben war ein Album mit lauter Fotos von Rose: Rose als Baby in Tante Jessies Armen, Rose bäuchlings auf einer weißen Decke, Rose neben Onkel Nate auf dem Sofa sitzend. Und dann: ein Foto von mir und Rose, wie wir als die »alten Frauen« durchs Wohnzimmer humpelten.

Neben der Schale und dem Album stand die kleine schwarze Schachtel, und darin lag Jakes Ring. Ich nahm die Schachtel und reichte sie Jake.

»Oh, Mann …«

»Zinny – Schneckchen«, flüsterte Onkel Nate.

Jake nahm seine Hand. Ich beugte mich über ihn.

»Dieser Ring war von Rose.« Er röchelte. »Rose hat gerufen …« Sein Mund verzog sich zu einem kleinen Lächeln. »Mir gefällt es hier, und bestimmt gefällt's mir auch da drüben, aber …« Seine Arme zuckten wieder. »Ich will nicht in dieser Schublade liegen …«

Ich drehte mich zu der Schublade um, aber genau in dem Moment zuckte sein ganzer Körper und verkrampfte sich, und dann lag er ganz still da, und ich hatte solche Angst, er sei fortgegangen, fort, fort, fort.

Schubladen

Jake nahm das Pferd und galoppierte los, um meine Eltern zu holen, während ich bei Onkel Nate blieb. Mit geschlossenen Augen lag er da und rührte sich nicht mehr, und auf seinem Gesicht erschien eine unendliche Ruhe und Zufriedenheit, als wäre er endlich dort angekommen, wonach er sich immer gesehnt hatte. Er war nicht tot, aber ich hatte Angst, der Tod könnte sich heimlich anschleichen, so wie die Nacht den Tag ablöst, unmerklich, lautlos. Ich öffnete die Schubladen der Kommode, eine nach der anderen. In der flachen obersten Schublade befanden sich Dutzende von Briefen. Sie begannen alle mit den Worten: *An meine liebste Rose.* Ein paar endeten mit den Worten: *Von deiner dich liebenden Mutter*, die übrigen mit *Von deinem dich liebenden Pa.*

Die Briefe waren im Verlauf der vergangenen neun Jahre geschrieben worden, seitdem Rose gestorben war. Sie enthielten kleine Mitteilungen:

HEUTE HABEN WIR MAIS GEPFLANZT,

sie waren zärtlich:

DEINE HAUT IST WIE SEIDE,

und voller Sehnsucht:

DU FEHLST UNS SO …

Oft wurde ich erwähnt:

ZINNY KANN LESEN! HEUTE ABEND HAT SIE UNS DEIN GANZES BUCH ÜBER DEN KLEINEN BÄREN VORGELESEN. LIEST DU AUCH, ROSE?

und:

HEUTE HAT ZINNY ZWEI ARMFÜSSLER GEFUNDEN. SIE NENNT SIE BARFÜSSLER. WIR HABEN EINEN FÜR DICH AUFBEWAHRT.

und:

ZINNY HAT DIE GRIPPE. WIR MACHEN UNS SCHRECKLICHE SORGEN UM SIE. GEHT'S DIR GUT, ROSE?

In der zweiten und dritten Schublade waren Roses Kleidungsstücke, angefangen von ihren Strampelanzügen bis zu den Kleidern und Spielhosen, die sie mit vier Jahren getragen hatte. Sie waren alle säuberlich zusammengefaltet, und dazwischen lagen immer wieder ein paar kleine Lavendelzweigchen.
Auf das, was ich in der untersten Schublade entdeckte, war ich allerdings nicht vorbereitet. Als ich sie aufzog, zuckte ich richtig zusammen. Da lagen, dicht nebeneinander, zwei Kinder, ich und die kleine Rose. Wir hielten uns liebevoll an den Händen.
Es waren die Puppen, die Tante Jessie gemacht hatte, aber sie waren so lebensecht, so knuddelig und weich, dass man denken konnte, es seien richtige Kinder, die schliefen.
Ich berührte ihre Hände, und da glitt zwischen ihnen eine Münze

heraus. Sie sah genauso aus wie das Medaillon mit den Initialen BWUW.

Bis wir uns wiedersehen. Plötzlich kamen die Erinnerungen, in einem ganzen Strom aus Bildern. Wir waren im Zirkus gewesen, Rose und ich und Tante Jessie und Onkel Nate. Bei der Bude einer Wahrsagerin hatten wir Halt gemacht und in ihre Kristallkugel geschaut. Sie hatte unsere Hände genommen und die Linien studiert. Bei Rose und bei mir. Dann hatte sie jeder von uns so ein Medaillon in die Hand gedrückt und gesagt: »*Bis wir uns wiedersehen.*«

Ich hatte Roses Hand in der Schublade berührt und ihr Medaillon genommen. Ich war durch den Wald gelaufen und hatte es vergraben. Und später – Tage? Wochen? – hatte ich mein eigenes Medaillon genommen und es Tante Jessie in die Hand gedrückt. »Für Rose«, hatte ich gesagt, und Tante Jessie hatte mich in die Arme genommen und mich gedrückt, gedrückt, fest und lang, und ich hatte mir gewünscht, sie würde mich nie wieder loslassen.

Und als mir das alles wieder einfiel, konnte ich Tante Jessie hier in der Hütte spüren, ganz nah bei Onkel Nate, der so reglos auf dem Bett lag, und ich spürte auch Rose. Ich holte Roses Medaillon aus meiner Tasche und mein eigenes Medaillon aus der Schublade, und ich hielt sie beide ganz, ganz, ganz lange in der Hand.

Irgendwie war es traurig, dass Tante Jessie und Onkel Nate so viel Zeit damit verbracht hatten, hinter den Toten her zu jagen. Aber ich konnte sehen, dass sie sich bemüht hatten, die Toten am Leben zu erhalten und gegen die Dunkelheit anzukämpfen, die über sie hereinbrechen und sie beherrschen wollte.

Ich ging zu Onkel Nate und legte mein Gesicht neben seines. »Onkel Nate? Onkel Nate? *Make the company jump! Make the company jump*, verflixt noch mal!«

Ein Auge klappte auf. Schloss sich wieder. Klappte wieder auf. Dann sagte er: »Willst du mir wieder das verflixte Kissen aufs Gesicht drücken?«

Petunia

Als meine Eltern kamen, saß Onkel Nate aufrecht im Bett und schaute sich mit mir das Fotoalbum an.

»Ach, ich hatte nur so 'nen kleinen Aussetzer, mehr nicht ...«, erklärte er ihnen.

Dad sagte: »Vielleicht solltest du lieber über Nacht ins Krankenhaus.«

»Kommt nicht in Frage – so wenig wie Schweine Flügel haben«, erwiderte Onkel Nate.

»Wie willst du überhaupt die ganze Strecke wieder zurückgehen?«, überlegte Mom.

»Genauso, wie ich hergekommen bin – auf dem Pferd.«

»Wo ist das Pferd eigentlich?«, fragte ich. »Wo ist Jake? Wie habt ihr uns gefunden?«

»Hmmm ...«, machte Dad. »Jake hat uns den Pfad gezeigt. Dann hat ihn der Sheriff mitgenommen.«

»Der Sheriff? Warum der Sheriff?«

Dad räusperte sich. »Ich glaube, da war irgendwas mit einem gestohlenen Pferd ...«

Oh, Jake!

*

Dad, Mom und ich schliefen in der Nacht bei Onkel Nate in der Hütte.

Beim ersten Morgengrauen trugen wir Onkel Nate durch den Lärchenwald zu der Stelle an einem Feldweg am Fuß des Hügels, wo Dad den Wagen abgestellt hatte. Als wir nach Hause kamen, erwartete uns schon der Sheriff, weil er mit mir über »das unbefugte Betreten eines Privatgrundstücks und ein gestohlenes Pferd« sprechen wollte.

Jake stecke wirklich in Schwierigkeiten, sagte er. Zuerst das Auto und jetzt auch noch unbefugtes Betreten und ein Pferdediebstahl. Als ich sagte, für den beschädigten Zaun sei ich verantwortlich und ich hätte auch das Pferd mitgenommen, fielen meine Eltern fast in Ohnmacht, mitten in unserer Küche.

Wenn wir in einer größeren Stadt gewohnt hätten, wären Jake und ich vermutlich vors Jugendgericht gekommen und hätten unseren Fall dort vortragen müssen. Aber weil wir in Bybanks lebten, verbrachten wir einen Nachmittag beim Sheriff und versuchten, ihm alles zu erklären. Es war ein schreckliches Durcheinander – Jake sagte, er habe mir Geschenke machen wollen, um mir zu imponieren, während ich versuchte, die ganze Geschichte mit dem Pfad und der Hand Gottes und Tante Jessie, Rose und Onkel Nate zu erklären.

Der Sheriff sagte, er habe schreckliche Kopfschmerzen – wir sollten nach Hause gehen und alles genau aufschreiben, was wir getan hatten und warum wir es getan hatten. Er werde es sich gründlich durchlesen und danach über eine Strafe entscheiden. In der Zwischenzeit sollten wir schon mal den Zaun reparieren (Willow war bereits zu ihrem rechtmäßigen Besitzer zurückgekehrt), und ich sollte auf jeden Fall den Pfad fertig machen.

*

Eine Woche später war ich am Ziel. Ich hatte die ganze Strecke über den Schweinebuckel und über die Gnaden-Brücke am Doolittle-Bach geräumt. Das eigentliche Ende des Pfads war nur noch ein winziges Stück entfernt: Der letzte Stein lag im Garten des

Bürgermeisters von Chocton, und dieser war nicht besonders erfreut, als ich seine wunderschöne Lavendelrabatte ausrupfte. Als ich ihm allerdings mitteilte, hier befinde sich das eine Ende des historischen Bybanks-Chocton-Pfades, spitzte er die Ohren. Er rief seine Frau, die sofort aus dem Haus geeilt kam und ein Foto von ihm machte, wie er neben dem Schlussstein stand, und dann überlegte er kurz und bat sie, auch noch ein Bild von mir und ihm und dem Pfad zu machen.

Er rief den *Chocton Herald* an, der einen Reporter und einen Fotografen vorbeischickte. In der nächsten Woche erschien der Artikel. Plötzlich klingelte bei uns ständig das Telefon, und alle Leute wollten mit Petunia sprechen. Der Reporter hatte meinen Namen verwechselt. Statt Zinnia hieß ich jetzt Petunia. Typisch.

Dann rief ein anderer Reporter an, der völlig verblüfft war, dass ich den Pfad ganz allein geräumt hatte. »Warum hast du das getan?«, wollte er wissen.

Ich nahm nicht an, dass er die Geschichte mit der Hand Gottes verstehen würde, jedenfalls nicht besser als der Sheriff, und von Tante Jessie und Onkel Nate und der kleinen Rose und den Medaillons wollte ich ihm auch nichts erzählen. »Mir gefällt's da droben in den Bergen. Man kann sich selbst denken hören.« Was Besseres fiel mir nicht ein.

In der nächsten Woche stellte ich an beiden Enden des Pfades ein großes Holzschild auf, auf dem *Rotvogelweg* stand.

*

Alle möglichen Leute benutzten jetzt den Pfad. Eines Tages kamen zwei fremde Frauen auf unsere Veranda gestolpert und fragten, ob sie unsere Toilette benutzen dürften. »Am Pfad gibt es keine sanitären Anlagen«, sagten sie.

Am nächsten Tag brauchten zwei Jungen ein Pflaster, weil sie Blasen an den Füßen hatten, und ein älterer Herr fragte, ob ihn jemand nach Hause fahren könne. »Ich hab nicht gewusst, dass es so 'ne lange Strecke ist!«, sagte er. »Und dann hab ich gedacht, es gibt am Ende des Pfades wenigstens einen Bus, der die Leute wieder nach Chocton bringt. Warum gibt's denn hier keinen Bus?«

Eines Tages tauchte die ganze Familie Butler auf: Bill Butler, Mrs Butler und die alte Mrs Butler. Und Gobbler war natürlich auch mit dabei. »Eigentlich ist Gobbler nämlich Bingo«, verkündete Ben. »Hast du das gewusst, Zinny? Jake hat uns die ganze Geschichte erzählt.«

Bill Butler wollte wissen, ob er Gobbler und die alte Mrs Butler bei uns auf der Veranda lassen könne, während er und seine Frau den Pfad hinaufgingen. Meine Eltern waren der Verzweiflung nahe. »Wir müssen etwas unternehmen«, sagte mein Vater. »Unbekannte Herrschaften benutzen unser Klo, alte Damen sitzen bei uns auf der Veranda – und heute hat mich tatsächlich jemand gefragt, ob er nicht meine Jacke ausborgen kann, weil er seine vergessen hat!«

*

Jake und ich mussten hundert Stunden gemeinnützige Arbeit leisten, um unsere Diebstähle wieder gutzumachen. Jede Woche musste Jake Mrs Fosters »Schlitten« waschen, Bingo bürsten und ausführen und außerdem bei Mrs Flint eine Stunde ohne Bezahlung arbeiten. Meine Aufgabe war es, den Rotvogelpfad in Schuss zu halten und den Müll wegzuräumen, den die ganzen Wanderer hinterließen.

Ich wollte dem Sheriff sagen, dass ich das sowieso tun würde, auch ohne dass man mich dazu zwingen musste, und er solle mir lieber eine andere Strafe aufbrummen, aber er sagte, er dulde keinen Widerspruch. Dann sagte er: »Ich hab immer gedacht, du bist diejenige von den Taylors, die nicht viel redet!«

*

Allein wanderte ich den ganzen Pfad entlang, sammelte den Müll ein und richtete die umgeknickten Zinnien wieder auf. Als ich zur Gnaden-Brücke kam, schaute ich eine Weile in das Wasser, das so schnell darunter durcheilte. Es war ein komisches Gefühl – ich war tatsächlich fertig, ich hatte den ganzen Weg freigelegt!
Ich blickte den Bergabhang hinauf und malte mir aus, wie der Pfad durch die Hügel lief, auf und ab, hin und her, bis ganz zurück nach Bybanks. Jedes Stück Weg war auch ein Stück von mir.
Ein paar wunderbare Minuten lang war ich der glücklichste Mensch auf dem ganzen Planeten. Der Pfad war *sehr gut.* Ich blickte hinauf in die Bäume und in den Himmel, und der Himmel war so hoch und so weit. In meinem Kopf hörte ich leise den Refrain eines Liedes, das Tante Jessie immer gesungen hatte:

LEG DIE SCHWERE LAST AB,
LEG SIE AB, MEIN KIND.
ES IST JA SCHON MORGEN,
LEG SIE AB, DIE LAST.

Und dann überkam mich ein ganz eigenartiges Gefühl, so warm und tröstlich, als hätte eine Hand vom Himmel herab mir sanft übers Haar gestrichen.

Zichorie

Onkel Nate ging es jeden Tag besser. Mit einem Krückstock in der einen Hand und seinem üblichen Stock in der anderen humpelte er durch die Gegend. Da er den Pfad voraussichtlich nicht so bald hinaufgehen konnte, fragte er mich, ob ich ihm das Album aus der Hütte herunter bringen könnte. Er wollte die Bilder in seiner Nähe haben. Sie seien für ihn die beste Medizin, meinte er.

Ich fragte mich, ob er wohl wieder seinen Rotvogel jagen würde, wenn sein Bein wieder in Ordnung war. Irgendwie hoffte ich, dass er es bleiben lassen würde. Ich hoffte, dass er einfach bei uns sein würde. Aber andererseits konnte ich mir kaum vorstellen, dass er die Jagd aufgab. Vielleicht würde er seinen Rotvogel ja eines Tages doch noch fangen.

An einem Abend im September saßen wir alle um den großen Tisch herum und aßen Spagetti, und ich erzählte von Tante Jessie im Lärchenwäldchen, aber nur Ben und Onkel Nate glaubten mir. Ich hatte gehofft, meine Fotos würden etwas beweisen, aber als ich den Film entwickeln ließ, war sie auf keinem einzigen der Bilder zu sehen. Auf ein paar konnte man einen roten Fleck erkennen, und ich sagte allen, das seien ihre Haare, aber die andern meinten, es sei ein Vogel oder ein Blatt.

Ben und Onkel Nate studierten die Aufnahmen jedoch sehr gründlich.

»Ich glaube, das ist sie«, sagte Ben und deutete mit dem Finger auf den roten Fleck.

»Klar ist sie das!«, rief Onkel Nate. »Das sieht doch ein Blinder!«
Will sagte: »Zinny, du wirst genau wie Onkel Nate, weißt du das? Ein Beweis soll das sein? Hah! Das ist doch genau wie mit dem Foto, das Onkel Nate damals gemacht hat …«
Onkel Nate tippte ihm auf die Schulter. »Wenn es nicht Jessie war, die mich da fotografiert hat – wer war's dann?«
Darauf wusste niemand eine Antwort.
Und ich fand, es gab viel schlimmere Dinge, als so zu werden wie Onkel Nate. Irgendwie gefiel mir die Vorstellung, mit einem Stock und einer Kamera durch die Gegend zu rennen und hinter jemandem her zu jagen, den ich liebte.
Ich wickelte meine Spagetti um die Gabel und suchte nach den darunter vergrabenen Fleischklößchen. Die Spagetti schlängelten sich in Schleifen und Wellen. Man konnte einer Nudel mit den Augen bis ans Ende folgen und dann zur nächsten hüpfen und so weiter. Ich piekte ein Stückchen Fleischklößchen auf die Gabel und biss hinein, voller Vorfreude auf den leckeren Geschmack, aber ich hatte ein Stück Knorpel erwischt. »Iiiihh …!«
Ben beugte sich zu mir. »Zinny«, sagte er. »Es gibt gute Fleischklößchen, und es gibt nicht so gute Fleischklößchen …«
Genau …

*

Ben war eines Tages völlig außer sich, weil er sah, dass in seinem Beet etwas sprießte – und zwar genau an der Stelle, an der er die Eier gepflanzt hatte. Ein paar Wochen später, als kleine blassblaue Blüten erschienen, raste er in die Bibliothek und holte sich ein Buch über Wiesenblumen. Triumphierend wedelte er beim Heimkommen damit herum und schrie: »Das müsst ihr euch ansehen! Es ist Zichorie! Sie ist aus Hühnereiern gewachsen!«
Er hatte die entsprechende Seite aufgeschlagen, und tatsächlich

war da eine Zichorie abgebildet, die genauso aussah wie die Blüten in seinem Garten. Zur Beschreibung der Pflanze gehörte auch die Legende der Zichorie. Die Zichorie war eine edle Dame namens Florilor gewesen. Florilor war in eine Blume verwandelt worden, weil sie die Liebe des Sonnengottes zurückgewiesen hatte. Die Blüte der Florilor / Zichorie öffnet sich bis zur Mittagszeit und wartet, bis der Sonnengott im Zenit steht. Dann schließt sie die Blütenblätter und ignoriert ihn.

Eine andere Legende besagte, dass die Samen für einen Liebestrank verwendet werden können. Wenn man sie jemandem als Tee aufgießt, kann man damit bewirken, dass derjenige einen liebt.

Dad gestand mir, dass er die Zichorie gepflanzt hatte. Er hatte es lustig gefunden, aber jetzt wagte er nicht, es laut zu sagen, weil Ben die ganze Sache dermaßen ernst nahm. Er schrieb sogar in der Schule einen Aufsatz darüber. Ich bin nicht sicher, was sein Lehrer von der These hielt, dass aus Hühnereiern Zichorie wächst.

*

Eines Tages bekam ich in der Post ein tolles »Fleischklößchen«. Es war eine Postkarte von meiner Freundin Sal Hiddle, auf der nur ein einziger Satz stand: *Ich komme wieder nach Bybanks!*

In einem Anfall von Großzügigkeit verschenkte ich am selben Tag alle meine Sammlungen: die Kronenkorken und die Knöpfe vermachte ich Sam; die Glückssteine Will; die Buchzeichen gingen an Gretchen, die Buntstifte an May; die Schnürsenkel und die Flaschen an Ben, und die Schlüssel sowie die Postkarten an Bonnie. Niemand sagte, die Sammlungen seien *kindisch* – nicht mal Gretchen und May. Da war ich dann doch ziemlich überrascht.

Die Frau im Historischen Museum war hin und weg, als ich ihr die Feuersteine, die Pfeilspitzen und die Versteinerungen brachte, die ich beim Pfad gefunden hatte. Von da an studierte sie ständig irgendwelche Bücher, um meine Funde richtig einordnen zu können. Manchmal ging ich ins Museum, um ihr zu helfen, aber ich hielt es in den miefigen Räumen nie besonders lange aus.

*

Ich nahm mir vor, Jim und seine Freundin in eine Schachtel zu packen und sie in meinem Schrank überwintern zu lassen. Die Grille würde hoffentlich alleine den Weg zu uns ins Haus finden und den Winter bei uns verbringen. Jake sagte, es bringe Glück, wenn man eine Grille am Herd beherbergt. Zuerst dachte ich, er hätte gesagt, wenn man »eine Grille am Herzen beherbergt«, was ich ziemlich komisch fand, aber als er es noch mal sagte, verstand ich ihn richtig.

Eines Tages, nicht lange, nachdem ich mit dem Pfad fertig war, kam Jake vorbei und saß mit mir auf der Verandaschaukel. Ich hatte von ihm geträumt und mir sehnsüchtig gewünscht, dass er vorbeikommen würde.

Wir schaukelten eine Weile schweigend vor und zurück, bis er schließlich mit gefalteten Händen zu reden anfing. »Zinny, ich muss dir was sagen.«

Ich bekam Herzklopfen.

»Du hast gesagt, ich bin ein Blödmann –«, begann er.

»So hab ich das nicht gemeint –«

»Aber du hattest wahrscheinlich Recht«, fuhr er fort. »Vielleicht hab ich einfach den Verstand verloren.«

»Das kann passieren«, sagte ich. Er sollte endlich aufhören zu reden! Ich spitzte schon mal den Mund ein bisschen, damit er mich besser küssen konnte.

»Vielleicht hattest du auch noch bei was anderem Recht.«

»Mmm …?« Mein Mund war bereit.

»Vielleicht bin ich wirklich zu alt für dich«, sagte er und starrte hinaus auf die Wiese.
»Na ja, so alt bist du auch wieder nicht. Die paar Jahre –«
»Du musst mich nicht beruhigen.«
»Aber …«
Er biss sich auf die Unterlippe. »Tut mir Leid, wenn ich dich genervt habe.«
May streckte oben den Kopf zum Fenster raus. »Jake?«
Er stand auf und beugte sich zurück, um sie besser sehen zu können. »Hallo!«, rief er.
»Wolltest du mich besuchen?«, fragte sie.
»Jep.«
»Ich komme gleich runter!«, flötete sie.
»*Was?*«, schimpfte ich. »Warum willst du May besuchen?«
Er fuhr sich mit den Händen durch die Haare, kratzte sich im Nacken und kaute noch ein bisschen auf seiner Unterlippe herum. »Ich hab gedacht, ich gehe mit May ins Kino. Das freut dich doch bestimmt.« Er grinste, machte aber gleich wieder ein ernstes Gesicht. »Dann bist du mich wenigstens los.«
Ich packte ihn am Arm. »Jake Boone«, sagte ich. »Wenn du mit May ins Kino gehst, schlag ich dir den Schädel ein!«
Den Ausdruck auf seinem Gesicht werde ich nie vergessen! Als hätte ich einen Eimer Schweinetrank über ihn gekippt.
»Ich mein's ernst, Jake Boone«, sagte ich. »Wenn du hingehst und meine Spagetti wieder durcheinander bringst, stopf ich dir zehn Tonnen Zichorie ins Maul.«
»Spagetti?«, stammelte er. »Zichorie?« Er schaute mich fassungslos an. »Soll das heißen, du magst mich?«
May kam aus der Tür gestürmt. »Es kann losgehen!«, verkündete sie.
»Oh, Mann!«, sagte Jake.

Die Jagd

Oben vom Pfad aus hat man eine unvorstellbar schöne Aussicht. Die Zinnien sehen aus wie leuchtend rote kleine Wächter, die den Pfad entlang marschieren, und die Bäume leuchten jetzt rot und gelb, sodass man das Gefühl hat, man stünde mitten in einer Farbenexplosion. Ich weiß, die Blätter fallen bald ab und unsere Beete verwelken. Am liebsten würde ich diesen Anblick irgendwie festhalten und aufbewahren. Hoffentlich kann ich ihn wenigstens bis zum Frühjahr, wenn alles wieder anfängt zu blühen, in meinem Innern speichern.

Und selbst wenn ich nicht auf dem Pfad bin, begleitet er mich doch irgendwie in meinen Gedanken. Auf dem Pfad kann ich gut nachdenken, auf dem Pfad bin ich ganz ich selbst, auf dem Pfad kann ich die Erde berühren und zum Himmel hinaufklettern.

Manchmal frage ich mich, ob es noch andere Pfade gibt. Vielleicht gehe ich mal ins Museum und sehe nach, ob es dort noch andere Landkarten gibt. Ich sehe mich vor mir, wie ich durchs ganze Land eile, auf der Jagd nach – ja, wonach? Nach wem?

Onkel Nate hat mir die Hütte anvertraut. Ich muss sie versorgen, bis er wieder hier heraufkommen kann. Er hat gesagt, ich kann die ganze Familie mitnehmen und allen seinen Schrein für die kleine Rose und für Tante Jessie zeigen. Meine Brüder und Schwestern haben ziemlich schön gestaunt, als sie die ganzen Sachen da oben gesehen haben. Mom und Dad fingen an zu weinen, obwohl sie doch alles schon mal gesehen hatten. Und als die andern wieder weg waren, blieb ich ganz allein zurück und legte mich aufs Bett, rollte mich zusammen und nahm die beiden Puppen in die Arme, als wäre ich wieder vier Jahre alt.

Aber jetzt gehen Jake und ich manchmal zusammen rauf in die Hütte. Einmal haben wir unterwegs folgendes Gespräch geführt:

Jake sagte: »Ich glaube, eigentlich kennst du mich gar nicht so richtig ...«

Dieser Junge ist wirklich ein Herzensbrecher. Ich sagte: »Jake Boone! Wenn man mir die Augen verbinden würde und du kämst ins Zimmer, würde ich gleich merken, dass du das bist – ich weiß, wie du klingst, wie du riechst. Ich wüsste gleich: Das ist Jake Boone, der reingekommen ist!«

Sein Gesicht lief etwa dreiunddreißig Schattierungen röter an, aber er sagte: »Wenn man mir die Augen verbinden würde und du kämst ins Zimmer – oh, Mann, ich wüsste aus fünf Kilometern Entfernung, dass du es bist! Wenn man mir in Chocton die Augen verbinden würde und du würdest in Bybanks in ein Zimmer treten, also, da wüsste ich gleich –«

»Okay, Jake, ich hab schon verstanden ...«

Wir wurden ein bisschen schmalzig, und manchmal ist so ein bisschen Schmalz ganz nett. Aber ich will nicht drin *ertrinken.*

Seither haben wir manchmal auf der Veranda Picknick gemacht, und einmal haben wir die Hütte gründlich geputzt, bis in die hintersten Ecken, aber wir haben die Sachen der kleinen Rose alle wieder dorthin gelegt, wo wir sie gefunden hatten. Nur die Puppen nicht. Die kleine Rose und die kleine Zinny sitzen jetzt nebeneinander auf dem Bett, jede mit ihrem Medaillon. Ich fand, sie würden sich bestimmt über ein bisschen frische Luft sehr freuen.

Es ist ein schönes Gefühl, mit Jake den Pfad hinaufzulaufen, und es ist ein schönes Gefühl, in die Hütte zu gehen und an die kleine Rose und an Tante Jessie zu denken. Alle möglichen Erinnerun-

gen tauchen auf, ganze Schubladen voll mit Erinnerungen. Mir kommt es gar nicht komisch oder morbid vor, wenn ich da oben bin; irgendwie ist es notwendig, wenigstens eine Weile.
Manchmal denke ich, ich sehe Tante Jessie und die kleine Rose gemeinsam über die Hügel rennen, und manchmal renne ich hinter ihnen her. Ich weiß, sie sind nicht wirklich da, ich weiß, es ist ein inneres Bild, ein Bild, das ich sehen *will.* Ich bin nicht verrückt. Aber ich denke oft, dass die Trennungslinie zwischen den Menschen im Kopf und den »wirklichen« Menschen da draußen sehr schmal ist.
Jetzt will ich Jake beibringen, wie man Boogie-Woogie tanzt. *La-di-da-dah*, werde ich ihm vorsingen, und vielleicht antwortet er darauf. Vielleicht sagt er: *Make the company jump!*

Melvin Burgess

Junk

Aus dem Englischen von Heike Brandt

Band 80262

Tar hält es nicht mehr länger aus, mit einem prügelnden Vater und einer alkoholkranken Mutter zusammenzuleben. Er haut ab. Gemma, die von ihren Eltern sehr behütet wird, reist ihm hinterher. In Bristol können sie bei Hausbesetzern unterkommen. Zunächst geht alles gut. Bis eines Tages Lily und Rob auftauchen, zwei Junkies. Auch Tar und Gemma werden drogenabhängig. Sie klauen, dealen und gehen auf den Strich. Sie lügen sich vor, alles unter Kontrolle zu haben.
Als Gemma schwanger wird, entscheidet sie sich, kein drogenabhängiges Kind auf die Welt zu bringen. Endlich findet sie die Kraft, sich von ihrer Sucht zu befreien.

generation

fi 6046 / 1

Norma Klein

Familienbande

Aus dem Amerikanischen von David Chotjewitz

Band 80312

Leslie und Peter, beide siebzehn, kennen sich schon seit dem Sandkasten. Jedes Jahr verbringen ihre Familien den Sommerurlaub am gleichen Ort. Man ist miteinander befreundet und findet sich nett. Nur diesen Sommer ist alles anders. Leslie und Peter entdecken ihre Liebe füreinander, gleichzeitig aber bricht ihre Welt zusammen: Leslies Mutter hat ein Verhältnis mit Peters Vater. Die Eltern lassen sich scheiden und heiraten. Die Kinder müssen Stellung beziehen. Gleichzeitig machen sie ihren High-School-Abschluß und bewerben sich fürs College. Diese Umstände stellen ihre Liebesbeziehung auf eine harte Probe.

generation

fi 6051 / 1

Weitere Titel in der Reihe ***generation:***

Kéthévane Davrichewy
Schokoladeneis
Band 80304

Gerd Fuchs
Easy und Scheer
Band 80207

Christian Lehmann
Spiel um dein Leben
Ein Computerthriller
Band 80313

Leonie Ossowski
Die große Flatter
Band 80305

David Chotjewitz
Tödliche Safari
Band 80206
Erscheint im Oktober '99

© Tomek Sikora, Image Bank

fi 6052 / 1